James Gold

Der Leuchtturm

Roman

Bibliografische Information der Deutschen
Nationalbibliothek:
Die Deutsche Nationalbibliothek verzeichnet diese
Publikation in der Deutschen Nationalbibliografie;
detaillierte bibliografische Daten sind im Internet über
http://dnb.dnb.de abrufbar.

Umschlaggestaltung: Stephanie Barisic
Umschlagmotiv: pixabay/AnnaER

Herstellung und Verlag: BoD – Books on Demand,
Norderstedt

ISBN: 978-3-7568-3564-5

Vermutlich ist es nicht weiter ungewöhnlich, bei einem Umzug noch einmal mit verklärter Wehmut auf das Haus und den Ort, wo man lange Jahre verbracht hat, zurückzublicken, dort Erlebtes am geistigen Auge vorüberziehen zu lassen, an Menschen zu denken, denen man begegnet ist, sich liebgewonnene Ecken und Plätze ins Gedächtnis zu rufen, und vielleicht auch angesichts all der hochkommenden Erinnerungen die eine oder andere Träne des Abschieds rollen zu lassen.

Bei mir war es ganz anders. Als ich meine Koffer und Reisetaschen im Auto verstaut hatte – die Möbel waren bereits einige Tage vorher von einer Umzugsfirma abgeholt und am Zielort abgeliefert worden –, stieg ich ein, knallte die Tür zu und gab Gas, ohne auch nur einen letzten Blick an das Mietshaus zu verschwenden, in dem ich die letzten elf Jahre in einer kleinen Wohnung zugebracht hatte, und auch bei der Fahrt aus der Stadt hinaus überkam mich weder Sehnsucht noch der Wunsch, irgendeinen Platz, den ich in all den Jahren liebgewonnen hatte, noch einmal aufzusuchen, denn einen solchen Platz gab es nicht. Im Gegenteil, als ich die Stadt hinter mir hatte und mich in nördlicher Richtung immer weiter weg von ihr bewegte, verspürte ich ausschließlich das erleichternde Gefühl, einen Abschnitt meines Lebens, der mich nicht weitergebracht hatte, zu beenden, und einen neuen, hoffnungsvollen zu beginnen, begleitet von grenzenloser Vorfreude auf das Unbekannte und einem hellen Funken Lust an Veränderung.

Die persönliche Wahrnehmung eines zeitlichen Abstands ist immer an eine gewisse Verhältnismäßigkeit gebunden, so mögen elf Jahre jemandem, der älter ist, nicht sehr lang vorkommen, für mich hingegen, der ich zum Abreisezeitpunkt neunundzwanzig war, machten sie immerhin mehr als ein Drittel meines Lebens aus, und ich empfand sie jetzt mehr denn je als verschwendete Zeit. Durchaus hatte ich einst in die große Stadt gewollt, dies lässt sich nicht leugnen, und als ich dort angekommen war, war ich nicht nur voller Hoffnung und Spannung gewesen wie viele junge Leute, die in eine Hauptstadt kommen, in ihr aufgehen und sich in ihr spiegeln möchten, aber nichts hatte sich so entwickelt, wie ich es mir vorgestellt hatte. Nie hatte ich mich in der Stadt heimisch gefühlt, das Berufsleben empfand ich als langweilig und eintönig, und der Anspruch und die Erwartung an mich selbst, es als freier Autor zu schaffen, erfüllte sich nicht. Irgendwann hatte sich Enttäuschung und Unzufriedenheit über meine Lage eingestellt, und irgendwann war ich auch nicht nur meines trockenen Brotberufes, sondern auch der lärmigen Stadt überdrüssig geworden, und begann mich nach einem stillen Rückzugsort im Grünen zu sehnen, um dort ungestört von großstädtischer Unruhe meinen dichterischen Ehrgeiz endlich in ertragreiche Bahnen lenken zu können. Ohne ausreichende wirtschaftliche Grundlage gestaltete sich dies natürlich schwierig, jedoch ergab sich Grund zur Hoffnung, als ein Verlag, an den ich eines meiner Manuskripte gesandt hatte, mir antwortete. Zwar schrieb man, dass man den Gegenstand des Manuskriptes, obwohl gut beschrieben, für altmodisch und daher nicht für veröffentlichungsfähig hielte, jedoch, schrieb man weiter, mein Stil gefalle, ob ich denn nicht ein weiteres Manuskript liefern könne, mit dem sich vielleicht eine Basis für eine künftige Zusammenarbeit ergäbe. Man würde sich auf eine baldige Einsendung meinerseits freuen und hatte mir sogar nach einem langen Telefongespräch mit einem Lektor des Hauses und der Unterzeichnung eines Vertrages einen Vorschuss überwiesen. Vielleicht wurde ich dadurch etwas zu übermütig, denn ich zählte all mein Geld zusammen, zählte es nochmal und nochmal, so lange bis mir das Ergebnis gefiel, begann mit einem neuen Manuskript, kündigte meine Arbeit und machte mich gleichzeitig auf die Suche nach einem neuen Heim, und zwar weit, weit weg von der Stadt – ich wollte nicht mehr auf strömende Verkehrsfluten und immer größer werdende Häusermeere unter Auspuffwolken vor der mir so gleichgültigen Bergkulisse blicken, ich wollte Aussicht auf eine Weite, auf flaches Land, vielleicht auf ein Wasser. Beim Lesen der Wochenzeitung war mir in diesen Tagen eine Anzeige aufgefallen, in der ein kleines Haus in ruhiger Lage angepriesen wurde, zu einem erschwinglichen Mietzins, und zwar genau dort, worauf sich schon lange meine unerfüllten Sehnsüchte gerichtet hatten, nämlich am anderen Ende des Landes, im Norden, an der Küste. Eilig hatte ich an den Makler geschrieben, von dem ich daraufhin Fotos des Hauses zugesandt bekam. Nichts weiter als grenzenlose Begeisterung hatte sich daraufhin bei mir eingestellt, und ich hatte einen Besichtigungstermin vereinbart und war hingefahren. Der Makler führte mich durchs Haus und über das kleine Grundstück, obwohl dies alles gar nicht notwendig gewesen wäre, denn alles erschien mir schon von Weitem wie geschaffen für mich. Die Vermieterin lernte ich dabei nicht kennen, sie wohne jedoch im Haus nebenan, sagte der Makler. Wenige Tage später hatte ich den Mietvertrag im Briefkasten, unterzeichnete ihn freudig und sandte ihn zurück. Danach schickte ich, wie schon erwähnt, die Möbel mit dem Umzugswagen voraus, und heute war nun der Tag meiner Abreise, meines Aufbruchs gekommen.

Die Monatsmiete des Hauses war erwartungsgemäß höher als die meiner Wohnung, was die Geldseite meiner Unternehmung natürlich noch gewagter machte. Aber ich konnte und wollte nicht mehr anders, ich war fest entschlossen, einmal in meinem Leben alles aufs Spiel zu setzen und ihm dadurch eine, wie ich hoffte, entscheidende Richtung zu geben. So war ich also ohne den berühmten Blick zurück heute aufgebrochen. Bei der Fahrt zum ersten Besichtigungstermin war ich noch mit höchster Geschwindigkeit über die Autobahnen gehetzt und nach frühmorgendlichem Aufbruch am späten Nachmittag angekommen, hatte mir jedoch für heute vorgenommen, es deutlich ruhiger angehen zu lassen, und plante, gemächlich zu fahren, auch die eine oder andere Landstraße zu nutzen, und da ich nicht den ganzen Tag im Wagen verbringen wollte, war es keinesfalls meine Absicht, heute noch im Norden anzukommen, im Gegenteil, mein Ziel war es, vielleicht die Hälfte oder zwei Drittel der Strecke zu schaffen, mich danach zur Übernachtung in irgendeinen freundlichen Landgasthof zu begeben und morgen den Rest der Strecke zurückzulegen. Es war Sonntag, der letzte Augusttag des letzten Jahres eines bewegten, von gesellschaftlichen, politischen und kulturellen Umwälzungen geprägten Jahrzehntes, und es schien mir, als ob heute alles mit der angenehmen Spätsommersonne im Rücken langsamer und entspannter fahren würde als sonst, und als ob selbst Landschaft und Himmel zuversichtlichen Geist atmeten. Spontanität ist meine Sache nicht, ich bevorzuge lange, in die Zukunft gerichtete Planungen, die mich mit Zeit und Sicherheit beruhigen, so dass mir die Aussicht, noch nicht zu wissen, wo ich heute Abend schlafen würde, im Normalfall den einen oder anderen Schub an Unruhe bereitet hätte, aber heute störte mich das nicht. Vermutlich war dies Teil einer Selbstüberschätzung, denn ich fühlte mich jetzt schon fast wie ein erfolgreicher Autor, der längst frei von wirtschaftlichen Sorgen war, und der sich auf den Weg zu seinem Ferienhaus machte, wo ihm wieder ein großer Wurf gelingen würde. So nun hatte ich das Steuer fest in den Händen, mein linker Ellbogen ruhte dabei lässig abgestützt auf der Fahrertür, mit der Rechten fingerte ich in den Ablagen dann und wann nach bereitliegenden Schokoladeriegeln, der Motor schnurrte, das Radio spielte leis' Musik, und mir ging's gut. Zwar glaubte ich, meinen Zielort aufgrund meiner ersten Reise mühelos wiederzufinden, hatte aber dennoch auf dem Beifahrersitz den schwergewichtigen Straßenatlas liegen, und fühlte mich so alles in allem bestens gerüstet für meinen Abschied von meinem bisherigen Leben.

Irgendwann stellte ich fest, dass die Schokolade den Hunger nicht mehr beruhigte, denn ich hatte mittlerweile mehr als drei Stunden Fahrt ohne Pause hinter mir, so beschloss ich, das Autobahnstück, auf dem ich mich gerade befand, bei der kommenden Ausfahrt zu verlassen und im nächsten Ort einen Gasthof aufzusuchen. Hinter der Autobahn ging es noch zwei, drei Kilometer auf einer schmalen Landstraße, die leicht bergauf führte, dahin, und anschließend in den ersten Ort hinein, in eine Kulisse aus alt gewordenen Fachwerkhäusern, die sich vor tannenbewachsenen Hügeln ängstlich aneinanderdrängten. In der Ortsmitte fand sich ein Gasthof, in dem ich mir ein reichliches Menü bestellte. Müdigkeit lähmte mich danach, aber ich fand, dass es noch zu früh war, um im Gasthof ein Zimmer zu belegen, und beschloss zunächst, im Auto einen Schlafversuch zu wagen, der aber aufgrund der eingeschränkten Platzverhältnisse scheiterte. Aus dem Kofferraum kramte ich eine Decke hervor und marschierte damit geradewegs in ein Waldstück hinein, breitete sie vor einem Baum aus, setzte mich drauf, lehnte mich an den Stamm, kreuzte die Hände vor dem Bauch und schloss die Augen, umfangen vom Rauschen der Höhen und dem Knacksen kleiner Waldbewohner um mich herum im Unterholz. Bereits nach zwanzig Minuten Schlaf brach ich mein Lager wieder ab, ging zum Gasthof zurück und sah aus der Entfernung, dass eine Gruppe junger Leute in lederner Motorradkleidung, ihre Maschinen vor dem Gasthofe geparkt, um mein Auto herumstand. Vermutlich bekamen sie nicht jeden Tag hier in ländlicher Abgeschiedenheit ein in schillerndem Spinatgrün

metalliclackiertes und breitbereiftes Sportcoupé mit groß-
städtischem Kennzeichen zu sehen, so war mein erster
Gedanke, und ich lag nicht ganz falsch. Als ich mich dem
Wagen näherte, trat man respektvoll beiseite und stellte mir
die eine oder andere technische Frage zu dem Fahrzeug. Dabei
keimte in mir kein falscher Besitzerstolz, im Gegenteil, der
funkelnde Blechhaufen, auf den ich beim Kauf vor ein paar
Jahren noch sehr stolz gewesen war, er war mir in letzter Zeit
zunehmend peinlich und nicht mehr zu meinem neuen
Selbstbild vom Stadtflüchtling passend erschienen. So war es
meine Absicht, mich auch im Hinblick auf zusätzliche
wirtschaftliche Sicherheit am Ende der Reise von dem Gefährt
zu trennen, und ich hatte mich schon längst mit dem
Gedanken angefreundet, aufs Fahrrad umzusteigen.

Die Motorradfahrer warfen ihre Maschinen an und donnerten
über die Windungen der Straße eine Anhöhe hinauf, wo sie
sich zwischen Föhrenstämmen verloren, und auch ich setzte
meinen Weg fort. Nach einem kurzen Blick in den Straßenatlas
fuhr ich zum nächsten Ort und gelangte von dort aus wieder
auf die Autobahn. Es war jetzt früher Nachmittag, und ich
nahm mir vor, vielleicht noch zwei Stunden zu fahren und
dann auf die Suche nach einer Bleibe für die Nacht Ausschau
zu halten. Während der ganzen Fahrt hielt das gute Gefühl
über meine vermeintlich jetzt zu beginnen wollende Laufbahn
als Romancier an, in meinem Kopf flatterten Entwürfe für
künftige Bücher hin und her, und ich malte mir mein Dasein
als zurückgezogen lebender, Pfeife rauchender, Strickjacke
und Hornbrille tragender Erfolgsautor in meinem kleinen

Haus an der Küste aus. Für mich stand fest, ich wollte schreiben, nicht um berühmt zu werden, ich wollte schreiben, um zu schreiben. Von Reichtum träumte ich nicht. Vom Dasein als Autor leben können, wie ein Arbeiter von seinem Lohn leben kann, das war mein Ziel, eine andere Berufung hatte ich nie gewollt – außer vielleicht, irgendwann als Bootsmann auf einem großen Frachtschiff die Meere zu befahren.

Am Nachmittag lenkte ich den Wagen wieder herunter von der Autobahn, zwischen in weiches Sonnenlicht getauchte sanfte Anhöhen, auf denen dicht an dicht stehendes Nadelholz spitze Schatten warf. Nur eine ungefähre Ahnung hatte ich, wo ich war, aber es interessierte mich auch nicht weiter, denn ich wollte es machen wie heute Mittag, hinein in den nächsten Ort und einen Gasthof finden. Im ersten Dorf hatte ich kein Glück, ein Gasthof schien einladend und freundlich, nur gab es dort kein Zimmer, ein anderer hatte geschlossen. So nahm ich wieder hinter dem Lenkrad Platz und fuhr weiter in eine Kleinstadt, wo schon am Ortseingang eine Beschilderung auf den Gasthof hinwies, ich mich jedoch bis an den Ortsausgang verirrte, dort umdrehte, und auf diese Weise ein zweites Mal die in zarten Erdfarben gekalkten Häuser der Altstadt bewundern konnte. Schließlich fand ich den Gasthof doch noch, ein altes, sich an einen Hang voller fruchtschwerer Apfelbäume drückendes, würdig ruhendes Gebäude. Meine Anfrage nach einer Übernachtungsmöglichkeit war erfolgreich, und ich bezog im ersten Stock ein behagliches Zimmer. Zunächst überlegte ich, mein ganzes Gepäck hinaufzubringen, da ich mich nicht wohlfühlte bei dem Gedanken, es nachts im

Auto zu lassen, die Wirtin jedoch bot mir an, das Auto in ihrer Garage zu parken, was ich dankbar annahm und folglich nur meine Reisetasche mit aufs Zimmer nahm. Wieder kroch Müdigkeit in Kopf und Körper, so legte ich mich aufs Bett und ruhte eine knappe Stunde. Danach setzte das nächste Bedürfnis ein: Hunger. Frisch geduscht fand ich mich unten in der Stube ein. Wie so oft in unseren Gasthöfen kam die Speisekarte meiner Abneigung gegen fleischliche Nahrung nicht entgegen, aber die stets freundliche Wirtin ließ den Koch ein für mich geeignetes Mahl aus dem Stegreif zubereiten, noch dazu in einer Menge, die gut für zwei gereicht hätte. Nach dem Essen überlegte ich, wie ich den restlichen Abend verbringen könnte. Es war noch zu früh, um sich aufs Zimmer zu begeben, so bat ich die Wirtin, die Garage noch einmal aufzusperren, denn ich wollte zurück in den Ort und die schöne Altstadt noch einmal auf mich wirken lassen. So stellte ich den Wagen dort auf einem öffentlichen Parkplatz ab und flanierte auf von der Frühabendsonne durchleuchteten Gassen, dabei oft bedauernd, dass auch hier die Unsitte sich durchgesetzt hatte, alte Häuser im Erdgeschoß durch den Einbau von riesigen Schaufenstern das Aussehen von Aquarien, in denen Banken und Versicherungsagenturen hausten, zu verleihen. In einer Eisdiele erwarb ich einen Familienbecher, setzte mich auf dem Stadtplatz an den Rand des Springbrunnens und beobachtete dabei die vorbei-ziehenden, sonntäglich gutgelaunten Menschen, sich alle des milden Spätsommers freuend. Noch im Eisbecher löffelnd, begann ich einen Rundgang um den Stadtplatz und bedauerte dabei, meinen Fotoapparat nicht mitgenommen zu haben. Nach etwa einer Stunde Aufenthalt fuhr ich zurück Richtung Gasthof. Kurz vor meinem Ziel war auf der Gegenfahrbahn ein Kleinlaster rechts rangefahren, die Motorhaube stand offen, der Fahrer war über den Inhalt des Motorraums gebeugt. Die Scheibe meines Wagens herunterkurbelnd, hielt ich an und fragte ihn, ob ich ihm helfen könne. Er berichtete in zerknirschtem Ton und mit hilflosen Gebärden von einem Motorschaden, und dass ihn dies im ungünstigsten Augenblick treffe. Er müsse den Wagen erst einmal stehen- und ihn dann morgen abschleppen lassen, und fragte dann, ob ich ihn nach Hause fahren könne, er wohne in einem Nachbardorf, und er versicherte wiederholt, dass dies nur vier Kilometer Fahrt seien. Gern erklärte ich mich bereit, mein Stundenplan sah für heute ohnehin nichts mehr vor, und nachdem er in meinem Auto Platz genommen hatte, sagte er, ich solle einfach der Straße folgen, dann würden wir direkt bei ihm ,vor der Tür' ankommen. Während der Fahrt klagte er in hiesiger Mundart ausgiebig über seine Lage, und dass ihm die Panne seine ganze Planung durcheinanderbringen würde, aber ich hakte nicht nach, was genau er damit meinte, da ich mich nicht zu neugierig geben wollte. Bei ihm zuhause angekommen, lud er mich auf einen Umtrunk, wie er es nannte, ein, denn schließlich sei ich sein Taxi gewesen, und er müsse mich ja irgendwie entlohnen. Entlohnen müsse er mich nicht, hielt ich dagegen, aber da ich auch sonst auf Reisen gern Anschluss zu den Einheimischen halte – sie haben immer die besten Geschichten zu erzählen –, nahm ich die Einladung gern an. In seinem

Wohnzimmer tischte er Bier auf, entschlüsselte meinen ablehnenden Blick folgerichtig, eilte nochmals in die Küche und servierte Alkoholfreies. Im Gesprächsverlauf erfuhr ich, dass er in Umzugsvorbereitungen stünde und den Ort verlassen wolle, er sei Handwerksmeister und vor einigen Jahren in die Stadt gekommen, um sich hier selbständig zu machen. Jedoch habe ihm, wie er sagte, dabei das nötige Glück gefehlt, er sei zwar ein guter Handwerker, aber als Kaufmann eher unbegabt, und daher habe er vor Kurzem das Angebot eines Bekannten angenommen, der im Süden einen Betrieb besitze und ihm eine Stelle angeboten habe (welchen Bereich der Welt er mit ‚Süden' meinte, erschloss sich mir im Gesprächsverlauf nicht, es hätte der Süden des Landes als auch der Süden des Erdteils gemeint sein können). Seine Enttäuschung über seine Lage war groß, er sei mit großen Hoffnungen hierhergezogen, hätte versucht, mit guter Arbeit sich einen ebensolchen Namen zu machen, sei in zahllosen örtlichen Vereinen Mitglied gewesen, um Verbindungen herzustellen, die ihm hilf- und damit ertragreich hätten sein können, letztendlich habe aber alles nichts genutzt, denn die angestammten Betriebe würden alles Geschäft unter sich aufteilen, und die Städter seien, so drückte er sich grimmig aus, in der Annahme eines Neuen unter den Alten noch zurückhaltender als die ‚Einödhammel', womit er die Bevölkerung seiner alten Heimat meinte. Man habe es heutzutage nicht leicht als jemand, der sich verändere und Neues wagen wolle, stellte er bedauernd fest und widmete sich dazu ohne Unterlass und mit viel Hingabe seiner Bierflasche. Am schlimmsten seien jedoch die Stadtpolitiker, meinte er, allen voran der Bürgermeister, der nach außen hin Gewerbetreibenden und jungen Unternehmen breite Unterstützung zusichere, diese aber lediglich in Kleinstdarlehen bestünde, die es zu teuren Zinsen baldigst zurückzuzahlen gälte. Der Bürgermeister sei doch ein Sozialist, nein, ein Kommunist, so sagte er. Einige der Stadträte seien Inhaber von großen Handwerksbetrieben, und sie missbrauchten ihre Macht, um kleine, neue Betriebe zu unterdrücken und damit ihre eigene Stellung am Ort zu sichern. Schließlich habe er, um den Schuldenberg kleinzuhalten, aufgeben müssen, sein Plan von der Selbständigkeit sei gescheitert, so beschwerte er sich, jetzt hätte er zwar die Aussicht auf eine gute Arbeit, jedoch sei sein Traum immer gewesen, für sich selbst und nicht für jemand anderen zu arbeiten, aber dieser Traum sei jetzt ausgeträumt, wahrscheinlich für immer, denn erst müsse er sich wirtschaftlich erholen, und er sei ja auch nicht mehr dreißig. Die Zahl derer, die es als Selbständige schaffen, sei bei uns doch verschwindend gering, angesichts der Tatsache, dass es Millionen von Angestellten, von ‚Lohnsklaven' gäbe, die sich ein Leben lang duckten und sich nichts trauten, und es werde sich auch nie etwas ändern dabei, und wenn man sich doch traue, würde der Staat einem die Unterstützung versagen und mit hohen Steuern in den Rücken fallen. Da ich zunehmend Mühe hatte, ihn aufgrund seiner immer mehr in die Breite gehenden Mundart und des alkoholbedingt immer stärker werdenden Lallens zu verstehen, beschloss ich, genug gehört zu haben, verabschiedete mich und fuhr zurück zum Gasthof.

Den Wecker stellte ich auf eine frühe Uhrzeit, wohl wissend, dass ich ihn beim Erwachen noch weiter vorstellen würde. Zeitiges Aufstehen gehört nicht zu meinen Stärken.

*

Während meine Spannung auf der Fahrt gen Norden, die ich am nächsten Morgen fortsetzte, steil anstieg, wurde das Land im Gegenzug immer flacher. Es war dann an der Zeit, die Autobahn zu verlassen und über die Landstraßen zunächst jene Kreisstadt anzusteuern, hinter der wiederum das Dorf lag, an dessen Rand mein neues Heim auf mich wartete, und dahinter wiederum, so wusste ich, hörte nach zwei Kilometern das Land auf, und das Meer begann. Das Gefühl, das ich dabei verspürte, hatte sich seit gestern noch verstärkt und war zu einem köchelnden, hoffnungsvollen Erwarten eines erfolgreichen Neuanfangs geworden, aufs Neue versüßt von freundlichem Sonnenglanz auf meerblauem Himmel. Und dann ging alles sehr schnell. Über die Ortsumfahrung kam ich an der Kreisstadt vorbei, gab Gas und erreichte schnell das dahinterliegende Dorf, ebenso schnell dessen nördlichen Rand und dann das Grundstück, auf dem ich den ockergelben Putz ‚meines' Hauses schon leuchten sah. Mit von einem siegreichen Grinsen gezeichneten Blick ließ ich den Wagen vor die Haustür rollen, stellte den Motor ab und stieg aus. Zur freundlichen Sonne gesellte sich nun die die schwere Frische der Meeresluft, und der Blick hinaus über das platte grüne Land, hinter dem man das silbrige Schillern der See schon ahnen konnte, schien mir unbeschreiblich. Zudem herrschte absolute Stille, etwas, das ich nicht kannte, ich war es gewohnt, Tag und Nacht tosenden Stadtgeräuschen ausgesetzt zu sein, und wie froh war ich über diesen ruhigen Empfang. Nicht länger zögernd, trat ich näher und umkreiste bedächtig das ebenerdige Haus, das kaum mehr Grundfläche hatte als meine alte Wohnung – was völlig ausreichend war –, und das man erst vor drei Jahren, so hatte man mir gesagt, als Austragshaus errichtet hatte – das zugehörige Bauernhaus, in dem die Vermieterin wohnte, lag nur fünfzig Schritt weiter –, es aber nur ein Jahr bewohnt wurde, nachdem die Mutter der Vermieterin überraschend früh gestorben war. Lärmende Landwirtschaft, die mich vielleicht in meiner ersehnten Ruhe für schreibende Tätigkeiten gestört hätte, gab es nicht mehr, so hatte mir der Makler zugesichert. Nun wollte ich ins Haus, dazu benötigte ich den Schlüssel, und es war vereinbart, dass ich ihn mir bei der Vermieterin abholen könne. So ging ich hinüber und läutete. Eine beschürzte Haushälterin öffnete, die mir erklärte, dass ihre Dienstherrin nicht da sei, dass sie aber den Auftrag habe, mir den Schlüssel auszuhändigen. So gelangte ich endlich hinein, stellte fest, dass die Umzugsfirma die wenigen Möbel richtig aufgebaut und aufgestellt hatte, auch die Lampen hingen, und überall lagerten meine Umzugskartons, und in mir keimte eine unbändige Vorfreude darauf, sie alle auszupacken und mich einzurichten. Am meisten freute ich mich auf das Einräumen des Bücherschrankes, und die Flüche der Möbelpacker ob der Anzahl und Schwere meiner Bücherkisten klangen mir dabei noch im Ohr.

Mein besonderes Glück war, dass das Haus über zwei nach Norden weisende Zimmer verfügte, so dass ich eines davon als Schlafzimmer und das andere als Arbeitszimmer mit Blick zur Küste einrichten konnte, denn danach hatte ich mich doch so gesehnt: die Aussicht auf eine den Geist beflügelnde Weite. Mein Schreibtisch stand schon da, und ich rollte den Bürostuhl heran, nahm Platz und sah hinaus. Das, was ich immer wollte, hatte ich jetzt, und es fühlte sich an wie ein kleiner Sieg, wenn auch nur ein Etappensieg, denn von Stund an würde der Kampf um mein neues Dasein als Autor beginnen, und ich war bereit, ihn aufzunehmen. Mich mit dem Bürostuhl drehend, betrachtete ich die kahlen Wände und befand, dass ich den Raum mit Bildnissen meiner schreibenden Vorbilder ausschmücken könnte, um mich anzuspornen, vielleicht auch in der Hoffnung, dass von ihrer Größe etwas auf mich abstrahlen möge. Aber das würde ich auf einen späteren Zeitpunkt verschieben, denn zunächst war es angebracht, die Dinge des täglichen Bedarfs auszupacken. So füllte sich im Lauf des Nachmittags die Küche mit den entsprechenden Gebrauchsgegenständen, das Bett ward bezogen, die Zahnbürste stand in ihrem Glas, und ich konnte auch nicht umhin, alsbald die erste Bücherkiste zu leeren, denn wer könnte der Lockung eines verwaisten Bücherschrankes widerstehen? Ganz bestimmt nicht ich. So verging der Nachmittag, und es war gegen sechs, als ich mich, verschwitzt und mit leichten Rückenschmerzen, aufs Sofa sinken ließ und mir bei einer Flasche Mineralwasser durch die offene Terassentür die Sonne ins Gesicht schien. Für die Terrasse selbst hatte ich noch keine Möbel, fiel mir dabei ein, aber es würden sich bestimmt bald ein kleiner Tisch und ein paar Gartenstühle auftreiben lassen – falls ich mal meinen Verleger empfangen und bewirten müsste, wäre fast mein nächster Gedanke gewesen, aber ich nahm mir vor, nicht schon wieder übermütig zu werden und dort verhaftet zu bleiben, wo ich mich am wohlsten fühlte, auf der festen Erde der Wirklichkeit. Nach einem kleinen Abendessen wollte ich zunächst mit dem Einräumen der Bücher fortfahren, beschloss aber dann, einen kleinen Spaziergang durch das unbekannte Gelände zu unternehmen, das sich von der Nordseite des Hauses Richtung Meer erstreckte. Direkt von der Terrasse konnte ich ungehindert in die Landschaft hinein, denn es gab keinen Zaun, und man fragte sich auch, welchen Zweck dieser wohl gehabt hätte, denn auf dieser Seite des Grundstücks gab es nur noch das weite, ebene Land mit der Ahnung der See dahinter. Ein schmaler Pfad führte mich zwischen lockerem Gebüsch hindurch, und dann erreichte ich das Ende des Landes, abrupt in Klippen aufhörend, den Blick auf einen vielleicht zehn Meter tiefer gelegenen Strand und das Meer freigebend. Die Sonne stand tief. Nur wenige Menschen hielten sich am Strand auf. Über eine mit einem verwitterten Eisengeländer ausgerüstete Treppe wäre ich hinuntergelangt, aber ich wollte hier oben bleiben, den Ausblick genießen und auf mich wirken lassen. Im weichen Gras hockend, sah ich hinaus und lauschte den Klängen der Küste.

*

Es gibt nichts Schöneres als den ersten Morgen in seinem Traumhaus. Ungewöhnlich früh und schnell aus dem Bett kommend, griff ich nach meinem Fotoapparat und schoss die Wohnung, so wie sie war, mit all den halbleeren Umzugskartons, begab mich dann auf die Terrasse und fotografierte die Morgensonne über dem Küstenstreifen, nicht ein-, sondern zehn- oder fünfzehnmal, genau weiß ich es nicht mehr. Nach dem Frühstück besorgte ich im Dorf ein paar Lebensmittel und fuhr dann hinüber in die Kreisstadt zu einem Autohändler, um den Wagen dort in meinem Auftrag zum Verkauf ausstellen zu lassen. Dies war nicht weiter schwierig, der Händler äußerte sich lobend über den Zustand des Fahrzeugs, einen Vorschuss auf den zu erwartenden Verkaufspreis könne er mir jedoch nicht geben, dies sei nicht üblich, es sei denn, ich kaufe ein neues Auto bei ihm, was nicht meine Absicht war. Nachdem ich ihm die Telefonnummer meiner Vermieterin dagelassen hatte – mein eigener Apparat war noch nicht angeschlossen –, fuhr ich mit einem Mitarbeiter des Autohauses auf dem Beifahrersitz wieder nach Hause, händigte ihm dort die Fahrzeugpapiere aus und sah dann zu, wie er den Wagen vom Parkplatz steuerte und mit ihm zwischen den kleinen Häusern entschwand, und ich war keineswegs traurig dabei, sondern dachte an das Geld, das mir der Verkauf einbringen würde, und freute mich auf den Neuerwerb eines Fahrrades. Wieder verschwand damit ein Erinnerungsgegenstand aus meiner vergehenden Angestelltenwelt, wieder schien ich mich näher dem Dasein eines

Menschen zu nähern, der sich vom Schreiben ernährt. Dabei fiel mir meine Schreibmaschine ein – diese harrte noch irgendwo in einer der Umzugskisten auf ihren Einsatz, und es galt, den richtigen Karton zu finden und das kostbare Gerät unmittelbar und schreibbereit ins Arbeitszimmer auf dem Schreibtisch aufzustellen, als ständige Mahnung dafür, dass Nichtstun künftig eine Bedrohung darstellen würde.

Dass mich in all meinem Wagnis, in all der guten Stimmung in meiner neuen sonnigen, luftigen Umgebung am Meer, die ich mir so gewünscht hatte, nicht längst eine ständig lauernde Überlebensangst befallen hatte, wäre gelogen. Nie zuvor in meinem Leben war ich selbständig gewesen, war immer Angestellter, hatte die Sicherheit immer dem Abenteuer vorgezogen, dem sich viele Künstler, ob Schreiber oder Musiker oder Maler, aussetzen. Das Einzige, was ich jetzt dieser Angst entgegenzusetzen hatte, waren meine verhältnismäßig sicheren wirtschaftlichen Aussichten, zumindest für die ersten Monate, und, ohne mir selbst auf die Schulter klopfen zu wollen, meine Arbeitsamkeit. In den letzten Jahren hatte ich unermüdlich, neben meiner beruflichen Tätigkeit, abends und am Wochenende Manuskripte geschrieben, und so etwas wie eine Schreibblockade oder gar Mangel an Ideen war mir völlig fremd, und ich wusste, dass dies immer so bleiben würde, und dies gab mir ausreichend Selbstvertrauen und Zuversicht, um die Furcht vor dem Scheitern in Schach halten zu können. Zudem, ich hatte doch den Auftrag vom Verlag, ein Manuskript abzuliefern, ich fühlte mich also schon so gut wie gedruckt und auf dem Markt angepriesen. Wenn ich jetzt einfach mir selbst treu bleiben und gute Arbeit abliefern würde, konnte nichts schiefgehen.

Mein Blick richtete sich nach oben. Keine Wolke, nur dickes Blau und Sonnenstrahlen. Es ist so leicht, gute Laune zu bekommen. Aber was wollte ich noch? Die Schreibmaschine aufstellen. Die entsprechende Kiste fand sich alsbald, ich entblätterte den Koffer aus seiner Zeitungspapierpolsterung, entnahm das wuchtige eierschalfarbene Gerät und hievte es mittlings auf den Schreibtisch, danach nach einer Packung Schreibpapier wühlend und findend und danebenlegend. Aber wo waren meine geliebten Nachschlagewerke? Ohne sie auf dem Schreibtisch fühlte ich mich nicht komplett. Nicht, dass ich sie unablässig benötigte, aber ich schätzte einfach die würdige Gegenwart der in rotes, goldgeprägtes Leinen gebundenen sechs Bände. Auch diese fand ich noch, gruppierte sie wie immer links von mir, an der Wand direkt unter dem Fenster. Jetzt musste doch alles klappen, jetzt war alles da: Maschine, Papier, Nachschlagewerke, und dann diese prächtige, anspornende Aussicht aus dem Fenster. Meine gespannte Erwartung auf die ersten zu schreibenden Zeilen stieg, und ich hatte genug Ideen im Kopf für drei oder vier Manuskripte.

Es war früher Nachmittag. Noch heute wollte ich die restlichen Bücherkisten leeren, um dann morgen in einer sauberen und aufgeräumten Wohnung mit der Arbeit beginnen zu können. Der Anblick meines neuen, bis zum letzten Winkel gefüllten Bücherschrankes gefiel mir über alle Maßen, ich hatte meinen alten kurz vor dem Umzug entsorgt und mir für das neue

Haus dieses schokoladendunkle Prachtstück mit funkelnden Glastüren zugelegt, hinter denen ich meine Lieblingsautoren in einer staubfreien Umgebung wusste, gekrönt mit einer in üppige Länge gewachsenen und sich seitlich herabschlingenden Grünpflanze, die den Umzug zwar etwas ausgetrocknet, aber unbeschadet hinter sich gebracht hatte, und langsam nahm der Raum die ersten Züge von dem an, was meiner Wunschvorstellung vom Wohnen in einem behaglichen Gehäuse entsprach. Später, nachdem der letzte Umzugskarton geleert war, schob ich in Ermangelung eines angemessenen Möbels meinen Bürostuhl auf die Terrasse und setzte mich in die untergehende Sonne. In ihrem warmen Licht im Einklang mit der Seeluft und der friedlichen Umgebung fühlte ich mich richtiggehend bevorrechtet, bereits wie ein erfolgreicher Schreiber, der nach dem Tageswerk etwas abendliche Entspannung mit Ausblick über seine Besitzungen genießt – so ähnlich zumindest. Und nachdem ich heute schon die morgendliche Stimmung ums Haus fotografiert hatte, wollte ich dies jetzt auch in der Abenddämmerung, hastete noch einmal hinein, bewaffnete mich mit dem Fotoapparat und hoffte, diese Momente für immer einfrieren zu können, als Beschwörung ihres hoffnungsvollen Geistes in der Verheißung auf eine sonnige Zukunft. So tappte ich, den Finger fortwährend auf dem Auslöser, über die Terrasse, hielt dabei auch einmal die Kamera über den Kopf in die Höhe, so als ob ich damit die nahe See im Bild festhalten könne, aber ich bezweifelte, dass dies von hier aus gelingen würde. Dann trat jemand ins Bild. Ich ließ die Kamera sinken. Im Sonnenuntergang stand eine Frau. Sie stellte sich als Marion Roth, meine Vermieterin, vor, und hieß mich in meinem neuen Haus willkommen. Ob der Umzug ohne Hindernisse vonstattengegangen sei, wollte sie wissen, und ich bejahte. Ob ich noch irgendetwas bräuchte? Im Augenblick nicht, sagte ich, und teilte ihr noch mit, dass ich dem Autohändler in der Stadt ihre Telefonnummer gegeben habe, bezüglich des Verkaufs meines Fahrzeugs. Sie meinte, das ginge in Ordnung, sagte noch, ich solle mich bei Bedarf melden, wünschte mir einen schönen Abend, drehte sich um und ging. Im Gegenlicht flimmerten hell die Umrisse ihrer Bluse.

*

Gleich am nächsten Morgen setzte ich mich zu für mich ungewöhnlich früher Stunde und noch ungefrühstückt an den Schreibtisch. Schreiben, das war jetzt meine Arbeit, das saure Dasein des Angestellten hatte ich hinter mir gelassen, ich war Autor, Schreiber, Dichter. Ein gutes Gefühl, das mir den Antrieb verlieh, bis Mittag mühelos acht, neun, zehn Seiten fertigzustellen. Immer war ich ein schneller Schreiber gewesen, allerdings nie ein druckreifer, so dass ich am Schluss immer gezwungen war, alles noch einmal zu überarbeiten, alles gut klingen zu lassen und übersichtlich zu gestalten, was mit viel zäher, kleinteiliger Arbeit verbunden war, die ich jedes Mal als lästig empfand, und ich fand, dass es an der Zeit war, dies zu ändern, und so versuchte ich fortan langsamer und durchdachter zu schreiben, so dass mir endlose

Verbesserungen, Überarbeitungen und die Last, ganze Seiten neu schreiben zu müssen, am Ende erspart bleiben würden.

Kurz vor meiner Abreise aus der alten Heimat hatte ich noch einmal ein Telefonat mit dem Lektor des Verlages geführt. Er hatte mich gebeten, ihm bald einen Auszug aus der Niederschrift zukommen zu lassen. Dass dies üblich war, war mir neu, und lieber hätte ich ihm das abgeschlossene Werk vorgelegt, weil ich befürchtete, dass man mir schon unterwegs Vorgaben machen und Änderungen vorschlagen würde, aber ich hatte mich dennoch etwas widerwillig gefügt, denn schließlich hatte mir man auch den Vorschuss gewährt, und wer zahlt, der gibt nun mal die Richtung vor. Dennoch war ich mir nicht sicher, ob ich mich tatsächlich daran halten würde, denn sollte es in dieser Geschwindigkeit weitergehen, hätte ich in kürzester Zeit ein vollständiges Manuskript zusammen und könnte den Verlag dann einfach vor vollendete Tatsachen stellen. Aber ich wollte erst einmal sehen, wie weit ich die nächsten Wochen kommen würde. Die Aussicht aus meinem Fenster tat heute genau das, was ich mir von ihr erhofft hatte, sie brachte meine Gedanken ins Rollen, die Ideen kamen wie von selbst, und im Weggang der Zeit häufte sich ein ansehnlicher Papierstapel neben der Schreibmaschine an. Dabei hatte ich, wie ich es von früher her kannte, mich von der Zeit völlig gelöst, bekam in meinem Nordzimmer von der Wanderung der Sonne ohnehin nichts mit, und war regelrecht erstaunt, als ich den Platz verließ, dass es schon wieder früher Abend war. Gegessen hatte ich kaum etwas, mich wieder, meinen schlechten Gewohnheiten folgend, von zu viel Zucker ernährt, von Schokolade und pappigen Getränken. Nun aber war mir danach, mich mit einem üppigen Abendessen selbst zu belohnen, und ich beschloss, ins Dorf zu gehen und mir im Gasthaus ein Mahl vorsetzen zu lassen. Nicht nur der Hunger trieb mich dorthin, auch der Wunsch nach einem Brückenschlag zu Mitmenschen, denn ich kannte am Ort noch niemanden und war durchaus gewillt, dies zu ändern. Die Jacke über die Schulter gelegt, ging ich los. Der Gasthof war nur spärlich besucht, so war ein heimeliger Fensterplatz frei, wo ich mich einnistete und ein Gericht meiner Wahl bestellte. Erwartet hatte ich natürlich, dass man mich, den Neuen, den Fremden, ausgiebig anstarren würde, aber man trank, rauchte und plauderte vor sich hin, ohne mich zu beachten, und auch der Wirt hatte mich nur eine Sekunde lang prüfend angeschaut. Erst als ich zahlte, wurde er gesprächiger, und als er von mir erfuhr, dass ich der neue Mieter im Austragshaus am Ortsende sei, sagte er, dass er die Vermieterin gut kenne. Sie sei frisch geschieden, sagte er weiter, und die erwachsene Tochter vor kurzem ausgezogen. Nachdem ich seine Frage nach meiner beruflichen Tätigkeit beantwortet hatte, gab er sich interessiert und sagte, er sei ein großer Freund klassischer Literatur, was mich aufgrund seines robusten Erscheinungsbildes und seiner zwischendrin recht derben Ausdrucksweise etwas wunderte, mir aber lehrte, dass es trügerisch ist, vom Eindruck und Aussehen eines Menschen auf seinen Lesestoff zu schließen. Er erkundigte sich dann nach meinen Werken, woraufhin ich ihm bedauernd mitteilte, dass noch nichts Gedrucktes vorliege, jedoch, schob ich eilig hinterher, das

Erstlingswerk sei in der Entstehung, und auch mit dem Verlag sei schon ‚alles klar'. Das freue ihn, sagte er, ich sei der erste Dichter am Ort, ‚so etwas' habe es hier noch nie gegeben. Er setzte sich zu mir und berichtete leutselig, dass eine Bekannte seinerseits für die Zeitung der Kreisstadt schreibe und ob er mir ein Gespräch mit ihr vermitteln solle, ein Bericht in einem öffentlichen Blatt sei doch eine prima Werbung für mich, mich, den ersten Dichter am Ort! Dieser Vorschlag schien mir nicht abwegig, jedoch wandte ich ein, es wäre wohl besser, auf das Erscheinen des Buches zu warten, woraufhin er entgegnete, er würde seiner Bekannten auf alle Fälle schon mal Bescheid geben, und den Rest könne ich ja dann mit ihr persönlich klären.

Am nächsten Morgen wurde ich durch nachdrückliches Anklopfen und Klingeln geweckt und schlich noch reichlich schlafbenommen im Morgenmantel zur Tür, wo die Haushälterin meiner Vermieterin mir mitteilte, dass ein Herr von einem Verlag am Telefon sei, der mit mir sprechen wolle. Ich vereinbarte mit ihr, dass ich zurückrufen würde, fürs Gespräch würde ich natürlich bezahlen. Es war erst halb neun, was, wie ich fand, keine gute Zeit war, um mit Lektoren übers Geschäft zu sprechen, und so versuchte ich, noch einmal in den Schlaf zu finden, was mir jedoch nicht gelang. Nachdem ich mich angekleidet hatte, ging ich hinüber, und die Haushälterin öffnete und deutete zum Telefon, das auf einer Kommode stand. Nach nur zweimaligem Läuten hatte ich den Lektor in der Leitung, der sich erkundigte, wie der Umzug gelaufen sei, ob ich mich schon eingerichtet und eingewohnt habe, und der dann sehr schnell darauf zu sprechen kam, ob ich schon mit dem Schreiben begonnen habe. Dass ich mich bei diesem Gespräch etwas zu betreut und umsorgt fühlte, lässt sich nicht leugnen, aber ich wusste nicht, wie es andere Autoren machten, so ließ ich alles gutwillig über mich ergehen, auch die wiederholten Bitten, doch baldmöglichst die ersten Auszüge aus dem Geschriebenen zu senden. Mein freies Leben habe ich mir anders vorgestellt, dachte ich mir nach dem Telefonat, ich war der Meinung gewesen, ein Schreiber – ich mag das Wort ‚Schriftsteller' nicht, es erscheint mir überheblich und am Sinn vorbei, ich wüsste gar nicht, wie man eine Schrift stellt –, also, ein Schreiber könne tun, was und wann er wolle, aber offensichtlich war man auch hier, wie im Angestelltenleben, an allerlei einengende Vorgaben gebunden. Nachdem ich zwei Münzen neben das Telefon gelegt hatte, wandte ich mich zum Gehen und begegnete dabei meiner Vermieterin, die gerade mit einem gefüllten Einkaufs-korb nachhause kam. Mit entschuldigendem Unterton erläuterte ich ihr den Grund meiner Anwesenheit in ihrem Haus, aber sie ging gar nicht darauf ein, sondern fragte mich rundheraus, ob ich nicht gewillt sei, heute bei ihr zu Mittag zu speisen, sie habe gerade beim Einkaufen den Wirt getroffen, der ihr erzählt habe, dass ich ein Schreiber sei, und sie würde sich freuen, darüber mehr von mir zu erfahren, und dies am besten bei einer Zusammenkunft beim Mittagsmahl. Geahnt hatte ich natürlich, dass in einem kleinen Dorf die Nachrichten sich rasch fortpflanzen, aber dass es so schnell ging, erstaunte mich doch. Dennoch freute ich mich über die Einladung und nahm dankend an, nicht ohne wieder einmal pflichtschuldigst darauf zu verweisen, dass leider noch nichts Gedrucktes meinerseits vorläge.

„Jaja", sagte sie, und: „Um zwölf also."

Als ich in mein Haus zurückkehrte und die Tür hinter mir schloss, spürte ich eine ausgelassene Vorfreude auf das bevorstehende Zusammentreffen in mir keimen, und beim Vorübergehen am Spiegel in der Diele fiel mir auf, dass sich mein Gesichtsausdruck trotz des unsanften Weckens und des unliebsamen Überwachungstelefonats mit dem Lektor deutlich aufgehellt hatte. Bei unserem gestrigen ersten Aufeinandertreffen hatte ich die Vermieterin schon als sehr angenehmen Menschen wahrgenommen, und der Eindruck hatte sich jetzt, in dem kurzen Gespräch, noch weiter verstärkt, und wieder deutete ich diese Begegnung, so wie jene mit dem Dorfwirt und der Aussicht, dass sogar die Zeitung über mich schreiben würde, als ein gutes Zeichen des neuen Weges, auf dem ich mich befand. Dies lud mich unvermittelt mit waberndem Tatendrang auf, und ich rannte eine Weile planlos in der Wohnung hin und her, und wusste nicht, wohin damit. Der Gedanke, diesen Drang in Schaffenskraft umzuwandeln und mich an den Schreibtisch zu setzen, der kam mir dabei gar nicht, mir war, als müsste ich aus dem Haus und dort etwas unternehmen, und schon hatte ich die passende Idee. Mein Weg führte mich zum Gasthof, um den Wirt zu befragen, wo ich ein gebrauchtes Fahrrad erwerben könne. Erwartet hatte ich, dass er mich an einen Laden in der Kreisstadt verweisen

würde, aber er empfahl mir, die Werkstatt für land-
wirtschaftliche Geräte am Ende der Straße aufzusuchen, denn
der Werkstattbesitzer habe auch regelmäßig Fahrräder im
Verkauf, die er von der Müllhalde rette und instand setze. Ob
sich denn schon seine Bekannte vom Tageblatt bei mir
gemeldet habe, wollte er dann wissen, denn er habe sich sofort
nach unserem Gespräch mit ihr in Verbindung gesetzt. Auf
meine Verneinung hin sagte er, er würde sie nochmal daran
erinnern, schließlich sei das eine wichtige Meldung für den Ort
und den Landkreis, in dem kulturell zu wenig los sei. Weiters
schlug er vor, dass ich auch gerne eine Lesung im Gasthof
halten könne, er würde die Räumlichkeiten zur Verfügung
stellen und für entsprechende Werbung sorgen. Das sei eine
interessante Idee, sagte ich, nicht ohne noch einmal den
einschränkenden Hinweis zu geben, dass es wohl angebracht
sei, erst einmal die Veröffentlichung des Werkes abzuwarten,
und er erwiderte, dies fände er gar nicht so wichtig, man könne
auch aus einem noch nicht veröffentlichten Werk lesen, und
ich solle mich selbst nicht so ‚klein machen'. Vielleicht hatte er
recht. Ihm für den Hinweis mit dem Fahrrad dankend, verließ
ich den Gasthof und machte mich auf zur Werkstatt. Beim
Betreten des Werkstattgeländes sah ich mich vorsichtig um, ob
vielleicht ein Wachhund auf mich zugestürmt käme – mein
Ungefühl für Hunde war lange ein beliebtes Lachthema in
meinem durchaus übersichtlichen Großstadtbekanntenkreis
gewesen –, aber dem war nicht so. Der Inhaber hämmerte an
der Werkbank auf einem Metallteil herum. Nachdem ich mich
bemerkbar gemacht und mein Begehr vorgetragen hatte,

führte er mir eine kleine Auswahl an Fahrrädern vor, ich wählte ein fast neu wirkendes aus und konnte es zum günstigen Kurs erstehen. Dass er mich dann noch fragte, ob ich der Schreiber sei, der im Roth'schen Austragshaus wohne, erstaunte mich schon gar nicht mehr, er sagte, er habe es gestern vom Wirt erfahren. Wieder beeilte ich mich mit der Einschränkung, dass ich noch nichts veröffentlicht habe und erst am Anfang einer hoffentlich erfolgreichen Laufbahn stünde. Das mache gar nichts, sagte er, in einem Dorf, in dem es nur Bauern und Handwerker gäbe, wäre einer, der einem anderen Beruf nachginge, noch dazu ein Dichter, eine willkommene Abwechslung, ob nun mit Buch oder ohne. Ihm für die Ermunterung dankend, schwang ich mich auf das Fahrrad und radelte nach Hause. Es war immer noch reichlich Zeit bis Mittag, so fand ich mich zunächst in der Küche, baute mir aus Übriggebliebenem ein Frühstück, rollte danach wieder einmal meinen Bürostuhl auf die Terrasse und blinzelte kauend in die von seitlicher Sonne beleuchtete Szenerie. Gegenüber trat Frau Roth mit einem Wäschekorb unter dem Arm aus dem Haus und begann, die Wäschestücke auf die Leine zu hängen, mit gewandten und geübten Griffen, in hohem, fast sportlichem Tempo, den schnell leer werdenden Wäschekorb dabei immer einen Meter weiter zum nächsten freien Leinenstück kickend, die Wäscheklammern einem Beutel entnehmend, der an ihrer Taille befestigt war. Nur einmal hielt sie dabei inne, als die Leine fast gefüllt war, stemmte die Hände in die Seiten und streckte sich für einen Moment, so als ob sie einem plötzlich auftretenden

Rückenschmerz entgegenwirken wollte. Dann fuhr sie fort, klammerte die letzten Wäschestücke fest, nahm mit ungebremstem Schwung den leeren Korb auf und ging ins Haus zurück.

Als es Zeit war und ich hinüberging, fragte ich mich erstens, ob sonst noch jemand außer uns beiden anwesend sein würde, und zweitens, ob sich Frau Roth vielleicht schon Sorgen um die Mieteinnahmen machte, denn dass ich von noch nicht veröffentlichten Werken nicht leben konnte, das war bestimmt auch ihr schnell klar geworden. Aber ich wollte meine Lage nicht schwärzer anmalen als sie war, und blieb mühelos in jener unbeschwerten Stimmung, die mich seit meiner Abreise aus der alten Heimat nahezu ununterbrochen begleitete. Die Haushälterin öffnete und wies mich an, im Wohnzimmer zu warten, die Dame des Hauses käme gleich. Dem war so, und außer uns beiden erschien niemand zum Mittagstisch. Frau Roth stellte mir erwartungsgemäß eine Vielzahl von Fragen zu meiner Person, was mir unangenehm war, da ich nicht gerne von mir selbst plaudere und auch nicht aus einem besonders bewegten Leben berichten konnte. Dass ich noch keine Erfolge als Schreiber vorweisen könne, sei aufgrund meiner Jugend, wie sie sich etwas übertrieben ausdrückte, ja kein Wunder, dabei musterte sie meine Gesichtszüge, um mich anschließend nach meinem Alter zu fragen. Um schließlich aus dem Mittelpunkt des Gespräches zu entkommen, fing ich an, auch ihr Fragen zu stellen, allerdings nur Belangloses, über das Haus, die Umgebung, das Leben im Dorf. Ihren Antworten hörte ich gerne zu, und nicht nur ihre ruhige Stimme gefiel mir dabei. Schließlich fragte sie mich unvermittelt, ob sie Einblick in mein Manuskript haben könne, und ich wusste nicht, wie ernst es ihr dabei war, lehnte aber dann umständlich und in aller Höflichkeit ab und versprach, dass, wenn es einmal in Buchform erhältlich sein würde, sie die Erste sei, die es aus meiner Hand bekommen würde. Sie sagte, in ihrem Freundeskreis befände sich ein bekannter Autor, der am Rande der Landeshauptstadt wohne, ob wir ihn mal besuchen sollten? Sein Name war mir natürlich ein Begriff, auch seine Bücher kannte ich durchaus, und ich freute mich über die Gelegenheit, ihn treffen zu können. Allmählich reifte in mir die Vorstellung, dass Frau Roth wohl auch beruflich mit Literatur zu tun haben müsse, nachdem sie bedeutende Autoren zu ihrem Bekanntenkreis zählte und sich für kleine Schreiber wie mich interessierte, und ich fragte sie danach, aber sie verneinte, die Bekanntschaft mit dem Autor sei Zufall, darüber hinaus lese sie einfach gern, und beruflich tätig sei sie seit längerer Zeit nicht mehr. Glücklich der Mensch, der dies von sich sagen kann, dachte ich. Frau Roth kündigte dann an, sich mit dem Autor in Verbindung zu setzen und einen Besuchstermin zu vereinbaren, ob ich zeitlich irgendwie gebunden sei? Keineswegs, beeilte ich mich zu sagen, und sie sagte, sie gäbe mir Bescheid, sobald der Besuch fest ausgemacht sei.

Der Rest des Tages verfloss an der Maschine, unter meinen niemals stillstehenden Fingern, jedoch spürte ich abends, dass auch der Rest des Körpers nach Bewegung gierte. Die leichte Jacke überwerfend, trat ich vors Haus, sah zunächst über die

Terrasse hinweg Richtung Meer. Dort war alles dunkel, der Pfad hinaus war nicht beleuchtet, allein das Wasser konnte ich in der schweren Luft schmecken. So zog es mich in langsamen Schritten über die Hauptstraße ins Dorf. Viel zu sehen gab es dort nicht, um diese späte Uhrzeit sowieso nicht, so schritt ich über die eine oder andere Seitenstraße, dann zurück auf die Hauptstraße, zweigte dann wieder in eine Seitenstraße ab, und wieder auf die Hauptstraße. Kaum ein Fenster war noch beleuchtet, in einigen wenigen flackerte kahles blaues Fernsehlicht. An einem kleinen Wohnhaus vorbeikommend war mir, als ob sich hinter dem Gartenzaun, im Dunkel zwischen hohen Sträuchern, nur einen Meter von mir entfernt, ein Mensch aufhielte, aber ich erschrak umso mehr, als mir gewahr wurde, dass es sich um einen großen, auf den Hinterbeinen stehenden Hund handelte, die Vorderbeine am Zaun aufgelegt, mich nun übelgelaunt angrollend. Beschleunigten Schrittes machte ich mich davon. Am Dorfplatz setzte ich mich im kargen Schein einer Laterne auf eine Holzbank.

Den ganzen Tag hatte ich, ohne mich ablenken zu lassen, gearbeitet, war gut vorangekommen, und hatte kaum anderes im Kopf gehabt als die kleine Welt aus dem Manuskript, ihre Orte und ihre Menschen sowie die Handlung, die sich in ihr abspielte. Jetzt, an der frischen Luft, trat diese Welt in den Hintergrund, und etwas drängte sich nach vorne, was ich heute den ganzen Tag zwar nie ganz vergessen, aber erfolgreich beiseitegeschoben hatte. Mir war längst klar geworden, dass meine Vermieterin nicht nur wegen ihres literarischen Interesses Eindruck bei mir hinterlassen hatte. Es war leicht, sich von ihr einfangen zu lassen, und dies nicht nur wegen ihrer ausgeglichenen Art und der schon erwähnten ruhigen Stimme. Auch dachte ich gar nicht mehr als Frau Roth an sie, sondern an Marion, hatte also gedanklich schon eine Barriere niedergerissen, die es in der Wirklichkeit noch zu überwinden galt. Aber alles schien mir zu viel vom Schicksal gewährtes Glück – das Haus, das Buch, und jetzt auch noch sie?

Ich ging heim. Das Ende des Dorfes lag still und dunkel, nur in Marions Haus leuchtete einsam ein helles Fenster.

*

Um meiner Absicht nachzukommen, mein bislang recht schmuckloses Arbeitszimmer etwas wohnlicher zu gestalten, wollte ich noch das Vorhaben, Bilder meiner Lieblingsdichter aufzuhängen, in die Tat umsetzen. Dazu plünderte ich recht barbarisch einen in die Jahre gekommenen, aber reich bebilderten Band über die bedeutendsten Dichter der letzten einhundertfünfzig Jahre, wühlte danach in zwei noch halbvoll in der Ecke stehenden Umzugskisten nach Bilderrahmen, fand welche, bestückt noch mit Abbildungen, die mir nichts mehr bedeuteten, ersetzte diese mit den Bildnissen der Kollegen, hämmerte Nägel in die Wand und ordnete die hohen Herren – dass sich keine Damen in der Runde befanden, fiel mir zu diesem Zeitpunkt zum ersten Mal auf, und ich nahm mir vor, dieses Versäumnis als Leser bald nachzuholen – in zufälliger

Reihenfolge dort an. Frisch angespornt setzte ich mich danach an die Maschine und klimperte ein paar Stunden darauf herum, stets unter den wachsamen Augen und mahnenden Blicken der alten Meister. Nachmittags wurde ich durch die Türklingel unterbrochen, und draußen stand Marions Haushälterin, die ausrichtete, dass morgen der Besuch bei dem zurückgezogen lebenden Erfolgsdichter anstünde, und dass die Fahrt dorthin um drei Uhr nachmittags losgehen würde. Am darauffolgenden Tag läutete Marion bei mir, und wir fuhren in ihrem Wagen los, erst durchs Dorf Richtung Kreisstadt, dann eine Abzweigung in Richtung Landeshauptstadt nehmend. Dass der literarische Großmeister ein einsames Gehöft bewohnte, war mir aus den öffentlichen Blättern bekannt, so erwartete ich ein Bauwerk, das meiner verallgemeinernden und verklärenden Vorstellung vom althergebrachten Stil dieses Landesteils entsprach, aber dem war nicht so. Der Hof war aus groben, grauen Steinen errichtet, düstere, weil schwarzumrahmte Fenster blickten einen wie tote Augen an, und dürre Birken, mit im Wind lustlos winkenden Ästen, verstärkten noch die Schaurigkeit des Anwesens. Im Stillen hatte ich gehofft, dass mich Marion nicht als hoffnungsvollen jungen Nachwuchsdichter vorstellen würde, aber sie tat genau das, mit fast genau diesen Worten, so dass ich gezwungen war, schnell abzuwiegeln und von mir abzulenken, denn ich wollte auf keinen Fall, dass im Mittelpunkt des Gesprächs meine schreibende Wenigkeit mit ihren ungeschriebenen Büchern stehen sollte, dies wäre mir nicht nur aufgrund der Gegenwart eines bekannten

Erfolgsschreibers überheblich vorgekommen. Er begrüßte Marion herzlich, mit einer fast schon, wie mir schien, etwas zu aufdringlichen Umarmung, schüttelte mir nur kurz die Hand, ließ dann Getränke auftischen und bat uns hinaus, um hinter dem Haus im Schatten noch mehr schauriger Birken Platz zu nehmen. Marion und er tauschten Neuigkeiten über gemeinsame Bekannte aus, dann brachte sie das Gespräch wieder auf mich und sagte, dass er doch bestimmt etwas tun könne für einen aufstrebenden jungen Schreiber. Sofort ging ich mit abwehrender Handbewegung und zu einem mühsamen Lächeln verzogenen Gesicht dazwischen. Er fragte mich, ob ich mich schon irgendwelchen Verlagen angenähert habe, und ich berichtete knapp den gegenwärtigen Stand, woraufhin er meinte, dann sei ja alles zu bester Zufriedenheit geregelt, und er kenne natürlich den Verlag und auch den Lektor. Marion erschreckte mich dann mit dem Vorschlag, ich solle ihm doch einfach mein Manuskript geben, er könne sicher ein gutes Wort für mich beim Verlag einlegen, woraufhin ich wieder in die Verteidigungsstellung ging und mit dem Hinweis ablehnte, dass ich mich nicht wohl dabei fühlte, ein unfertiges Werk aus der Hand zu geben. Er sagte, dass ihn das alles an seine eigene Anfangszeit erinnere, und er erzählte davon sehr lang und ausgiebig, wie er überhaupt einen starken Hang zu zäh sich windenden Selbstgesprächen hatte, und dabei machte er sich über Verlage, Kollegen und die Presse und schließlich auch, wie man es von ihm kannte, über Land, Leute und Politiker lustig, in einer oft, wie ich fand, selbstgerechten Art, die mir missfiel. Für mich war er, trotz allen Respekts vor seinem Werk, ein typischer Angehöriger des Literaturbetriebes, den ich mit all seinen Eitelkeiten und Eifersüchteleien und über die Zeitungen ausgetragenen Grabenkämpfen zwischen Schreibern und Kritikern nicht mochte und ihn oft genug kindisch fand. Er kam dann auch schnell auf seinen Lieblingsfeind zu sprechen, einen landesweit bekannten Literaturkritiker, mit dem er sich regelmäßig öffentliche Fehden lieferte, und ich erinnerte mich dabei an eine kürzlich in einer Tageszeitung erschienene halbseitige zornige Abrechnung mit ebenjenem Kritiker als Reaktion auf dessen schlechte Besprechung seines letzten Buches. Ein derartiges Verhalten war mir nicht nachvollziehbar: Nur wenige Tage vorher hatte man gehört, dass von diesem Buch bereits mehr als einhunderttausend Stück in kürzester Zeit verkauft worden waren, aber statt sich über einhunderttausend Leser zu freuen, vergeudete der Autor viel Zeit und Kraft an einem, der das Buch schlecht fand. In meinen Augen war das eine völlig verzerrte Wahrnehmung der Wirklichkeit. Wie wäre es gewesen, wenn er sich, statt einen hasserfüllten Artikel zu schreiben, einfach mal bei seinen Lesern bedankt hätte? Hat sich je ein Autor öffentlich erkenntlich dafür gezeigt, dass ihn abertausende Leser ernähren? Aber auch in diesem Gespräch konnte er von diesem Mann, dem Kritiker, nicht lassen und verhöhnte und verkasperte ihn, und ich brachte einfach nicht den Mut auf, als Jüngerer den Älteren darauf hinzuweisen, dass er sich doch einfach über den Verkaufserfolg freuen solle. Aber ich erkannte schnell, dass er kein Mensch war, der sich gern freute, er war jemand, der sich gern ärgerte. Schon schimpfte er wieder los, gegen andere Schreiber, die seiner Meinung nach ohne Begabung seien, gegen Kulturbeauftragte, die er für kulturlos hielt, und gegen Kritiker, die keine Ahnung hätten. Dies alles geriet schließlich zu einem Bild von einer Welt, in der alle einfältig bis dumm waren, und die Menschheit überhaupt eine Herde von Halbaffen, der die Steppe näherstünde als die Stadt. Um dem Gespräch eine andere Richtung zu geben, fragte ich ihn, ob er an einem neuen Buch arbeite, aber es war schwierig, ihn von seinen Hassreden abzubringen, denn ja, er arbeite schon an einem neuen Buch, sagte er, er sei sich jedoch nicht sicher, ob es angesichts der schieren Menge an verblödeten Kritikern überhaupt noch sinnvoll wäre, weiterzuschreiben. Dies bestätigte mein unangenehmes Gefühl, dass dieser Mann noch nie wahrgenommen hatte, dass er für eine Leserschaft schrieb und nicht für die Leute von der Zeitung. Er hatte es schon als junger Mensch zum erfolgreichen Autor gebracht, war mit Preisen von durchaus einträglicher Höhe ausgezeichnet worden, er wohnte in einem großen Haus in bester Lage, davor standen teuer eine Limousine und ein Geländewagen, aber er schien nicht zu erkennen, wer dies alles bezahlt hatte. Je länger das Gespräch dauerte, desto tiefer sank meine Meinung über ihn, und sein ganzes Benehmen, seine Vorträge, seine Selbstgerechtigkeit, seine Herablassung gegenüber alles und jedem und schließlich auch sein gockelbunter seidener Hausmantel brachten mich zusehends gegen ihn auf, so dass ich schließlich in den raren Pausen zwischen seinen Reden gar nichts mehr sagte und mich nur noch um einen halbwegs freundlichen und entspannten Gesichtsausdruck bemühte. Ob wir sein Jagdzimmer sehen wollten, fragte er dann, Marion kenne es zwar schon, aber es sei immer wieder einen Blick wert. In diesem Raum bewahrte er Geweihe auf, zu Dutzenden und in allen Größen an die Wand genagelt, auch ganze Köpfe von Rehböcken, Hirschen und einem Elch durchblickten den beklommenen Betrachter mit gläsernen Augen. Er verkündete stolz, dass er bald wieder mit dem Minister – welcher es war, erschloss sich mir nicht – im Süden des Landes auf die Jagd ginge und dort die Gelegenheit habe, in einem prachtvollen Schloss zu nächtigen, in der gleichen Schlafkammer, in deren Kissen sich schon manch gekrönter Kopf gebettet habe. Mir kamen in diesem Augenblick die Bilder der Schreiber, mit denen ich gestern mein Arbeitszimmer geschmückt hatte, in den Sinn, und wenn ich diese Idee am Anfang vielleicht noch etwas albern gefunden hatte, so erschien sie mir jetzt wesentlich gefälliger, als mir in einem schaurigen Jagdzimmer den Tod an die Wand zu nageln. Spätestens jetzt hatte ich genug und hätte es vorgezogen, nach Hause zurückzukehren, aber die Angelegenheit war noch nicht durchgestanden, denn der Großwildjäger ließ von einem jungen Menschen, der vorhin schon die Getränke gebracht hatte, ein umfangreiches Essen auftischen, in dessen Verlauf er zu seinen langen Vorträgen über die Welt und über schlechte Literaten und ungerechte Kritiker zurückkehrte, und er sparte dann auch nicht mit Ratschlägen in meine Richtung, die sicher gut gemeint waren, mir aber oberflächlich und überheblich vorkamen. Eines der Wörter, das er ständig benutzte, war ,Hass', und immer, wenn es gereicht hätte zu sagen, dass er etwas nicht mochte, sprach er von hassen, und er hasste ausgiebig und eindringlich und nachhaltig. Irgendwann hatte ich doch den Mut, ihm dies vorzuhalten, und fragte ihn, ob er denn wirklich so ein starker Hasser sei, und meine Frage war ihm keineswegs unangenehm, er bejahte mit der Begründung, dass das meiste, wovon ein Mensch wie er umgeben sei, hassenswert sei. Um einen weiteren langen Vortrag bereits im Entstehen zu ersticken, fragte ich schnell nach, was er mit einem Menschen wie sich meinte, und er gab zur Antwort, er sei einfach nicht wie die anderen, er habe das sogenannte Genie in sich schon als Kind gespürt, er habe etwas Besonderes und zugleich Abweichendes in sich, das ihn von ,anderen Menschen' unterscheide, dies würde ihm das Leben nun einmal nicht leicht machen, aber gleichzeitig auch den Blick schärfen auf eine verlogene, hassenswerte Gesellschaft, die nur aus Trotteln und Idioten bestünde. Wie erleichtert war ich, als Marion ein Zeichen gab, aufzubrechen.

Am nächsten Abend ging ich hinüber ins Gasthaus, wo mir der Wirt berichtete, dass die Journalistin vom Tageblatt dagewesen sei und er ihr von mir erzählt habe, und er händigte mir einen Umschlag mit einer Nachricht von ihr aus. Sie schrieb, sie wolle gern fürs Tageblatt über mich berichten, und ich solle sie anrufen, darunter stand eine Telefonnummer. Später, zurück im Haus, legte ich die Notiz auf dem Schreibtisch in die Schriftverkehrs-Ecke direkt an der Wand rechts unterhalb des Fensterbrettes, wo ich Schriftstücke aufbewahrte, die ich zu einem späteren Zeitpunkt einmal bearbeiten wollte. Jedoch, mir gingen andere Dinge durch den Kopf, ich sann über eine Möglichkeit nach, meine Nachbarin zu einem Besuch in meinem Haus bewegen zu können. Eine Einladung zum Essen schien mir nicht angebracht, dazu war ich ein zu mittelmäßiger Koch, also war es vielleicht mit einer zwanglosen Nachmittagsrunde bei Kaffee und Kuchen getan, die ich immerhin als Dankesgeste für den Besuch bei dem Großwildschreiber verkaufen hätte können. Prompt hatte ich mit diesem Kniff Erfolg, und Marion besuchte mich am übernächsten Tag, erforschte in heiterer Stimmung die Nachwuchsdichterbehausung – ich wies bedauernd darauf hin, dass ich über kein Jagdzimmer verfüge –, und als ich die Tür zu meinem Arbeitszimmer öffnete, fragte sie mich wieder einmal, ob sie Einblick in mein Manuskript haben könne, und um sie bei ihrer guten Laune zu halten, gewährte ich ihn ihr und war umso erleichterter, dass sie die Blätter nur überflog und einzelne Stellen oder Sätze mit halblauter Stimme vorlas, von denen sie sagte, dass sie ihr gefielen. Danach baute ich im Wohnzimmer – ein Aufenthalt auf der Terrasse wurde von leichtem Regen vereitelt – den gekauften Kuchen auf. Weiter kamen wir nicht, denn es läutete an der Tür, es war Marions Haushälterin, und Marion musste wegen irgendeiner dringenden Angelegenheit den Besuch beenden, versprach mir aber eine baldige Wiederholung. So stand ich nun da, den Kopf voller nicht erfüllter Erwartungen, das Wohnzimmer voll mit ungegessenem Kuchen, so genehmigte mir ein Stück und dann noch eines und noch eines. Die leise Hoffnung, dass Marion später am Tag vielleicht noch einmal zurückkommen würde, erfüllte sich nicht, so arbeitete ich am Manuskript weiter. Am nächsten Tag schickte ich ein paar Seiten davon an den Verlag, und einige Tage später holte mich Marions Haushälterin wieder einmal am frühen Morgen ans Telefon, und der Lektor sagte, dass ihm die Arbeit gut gefiele, einzelne Stellen vielleicht eine Überarbeitung bräuchten, aber dass ich auf einem guten Weg sei. Da ich nicht in der Stimmung war, mit ihm zu sprechen und auch von Überarbeitungen nichts hören wollte, gab ich mich wortkarg, und das Telefonat fand ein schnelles Ende. Marion bekam ich bei dieser Gelegenheit leider nicht zu Gesicht, seit ihrem kurzen Besuch hatte ich sie nicht mehr gesehen. Aber ich beschloss, mich in Geduld zu üben und arbeitete zielstrebig bis zum frühen Nachmittag. Danach war mir nach Bewegung und frischer Luft, ich hängte mir in der erwarteten Ausbeute einiger guter Aufnahmen den Fotoapparat um den Hals und machte mich auf zum Meer.

Die Tage waren immer noch meist sonnig, aber es hatte deutlich abgekühlt, so waren nur vereinzelt Menschen zu sehen. Das Geländer umklammernd, hangelte ich mich über die bröselige Treppe hinunter zum Strand, stapfte ans Wasser und blickte in die von mir so geliebte Weite. In einiger Entfernung glaubte ich am Horizont die dort liegenden Inseln zu erkennen, war mir aber nicht sicher, ob es sich vielleicht nur um Wolken handelte. Still war es, nur leise hauchte der Wind in mein Ohr, und kleine Wellen führten glucksende Selbstgespräche. Die Kamera ans Auge führend, machte ich ein paar Fotos, von der See, vom Sand, vom Himmel. Dann war mir, als würde jemand meinen Namen rufen, und ich wandte mich nach links, nach rechts, und dann sah ich Marion, die in einiger Entfernung auf einem der unansehnlichen Betonklötze saß, die man hier zur Festigung der Dünenkante abgekippt hatte. Meine Begeisterung über diese Begegnung war derart groß, dass ich ihr übermütig zuwinkte, mich dann aber auf die Manieren eines Mannes von Welt besann, mit erzwungener Lässigkeit auf sie zuschritt und mich neben sie setzte, ebenso auf einen dieser Betonklötze, der aber etwas tiefer lag als der ihre, so dass ich zu ihr aufblickte. Sie steckte das Buch in ihrer Hand in eine Tasche und sah auf mich herab. Es entspann sich dann endlich das lockere Gespräch, das ich mir schon bei ihrem unterbrochenen Besuch bei mir zuhause gewünscht hatte, weitab von Literatur und Literaten, eher das Alltägliche und nur gelegentlich Kulturelles berührend, und ich konnte von ihrer Stimme und dem lebendigen Glanz in ihren Augen gar nicht genug bekommen. Selbst bemühte ich mich dabei um entspannte Zurückhaltung, wollte nicht wie ein Klassenbester durch altkluge Stellungnahmen zu allen Themen auffallen und meine Antworten und Aussagen nicht zu überzogen tiefsinnig klingen lassen, versuchte meiner Stimme einen selbstsicheren Ton zu geben, übte mich, wo es angebracht schien, in gedämpften Anflügen von schwärzlichem Humor und freute mich jedes Mal, wenn sie lachte. Irgendwann rutschte ihre Tasche in den Sand, dabei fiel das Buch heraus, und als ich beides aufhob und ihr zurückgab, sah ich, dass es sich um ein Wörterbuch handelte, Deutsch-

Englisch. Darauf angesprochen sagte sie, sie plane, bald ihre Schwester in den USA zu besuchen, und sie wolle sich vorher ihre Englischkenntnisse ins Gedächtnis zurückrufen. Ihre Schwester wohne schon seit über zehn Jahren an der amerikanischen Ostküste, sei dort glücklich verheiratet und habe sie eingeladen, bei ihrem bevorstehenden runden Geburtstag mitzufeiern. Vierzehn Tage wolle sie dortbleiben, sagte sie, und schwärmte von dem kleinen Ort, in dem ihre Schwester lebte, der von weitläufigen alten Wäldern umgeben sei, deren herbstlichen Anblick man einfach gesehen haben müsse. Dann schlug sie vor, wir sollten uns doch etwas die Beine vertreten, und wir gingen am Strand entlang und sahen aufs Meer hinaus. Ob ich ein Foto von ihr machen dürfe, fragte ich. Gern, sagte sie, und ich fotografierte sie mit der Sonne in ihren Augen. Wir gingen ostwärts, weil Marion sagte, dass sich der Strand in der anderen Richtung nach wenigen hundert Metern in den Klippen verlieren würde, wohingegen man in dieser Richtung noch stundenlang wandern könne, bis man das angrenzende Ausland erreicht habe. Ob wir nicht dorthin gehen und bleiben sollten, fragte ich scherzhaft, zog mir damit aber einen spöttelnd-rügenden Blick unter hochgezogener Augenbraue zu. Der Leuchtturm läge näher, ob ich mir den schon angesehen habe? Das musste ich verneinen, zwar konnte ich ihn vom Haus aus in der Ferne sehen, aber der Gedanke, ihn zu besichtigen, war mir noch nicht gekommen. So gingen wir los, kletterten bald über eine der altersschwachen Treppen die Klippe hinauf. Oben, hundertfünfzig Meter landeinwärts auf einer kleinen Kuppe, ragte der Turm ins lichte Himmelblau. Marion meinte, dass man den Turm eigentlich nur im Rahmen von Führungen besuchen könne, aber es sei ohnehin nie abgesperrt, zudem kenne sie die Leute der Belegschaft, die den Turm wartete, und wir müssten uns dahingehend keine Sorgen machen. Einen klassischen Leuchtturmwärter gäbe es nicht mehr, denn das Licht – oder, wie sie sich technisch einwandfrei ausdrückte, das Leuchtfeuer – werde ferngesteuert. Nach den wackligen Treppenstufen vom Strand herauf stand uns noch einmal eine Vielzahl von Stufen auf der Wendeltreppe bevor, siebenundneunzig seien es, wusste Marion. Da ich mich zuvor noch nie in einem Leuchtturm aufgehalten hatte, war ich erstaunt, diesen zum Teil fast wie ein Wohnhaus eingerichtet zu finden, in der vorletzten Etage kamen wir sogar an einer zwar lange verwaisten, aber vollwertigen Küche vorbei. Auf der Besucherplattform angekommen, waren wir etwas außer Atem, so dass wir uns auf dem Boden niederließen, an die Außenwand des Turms gelehnt, und durch das Gestänge des Sicherungsgeländers zunächst wortlos die prachtvolle Aussicht genossen. Nach kurzer Pause erhob ich mich, führte die Kamera ans Auge und schoss ein paar Fotos: von der See, von vorbeiflatternden Möwen, von schwarzweißen Kühen, die im Grün grasten. Nicht, dass insbesondere letztere als Fotomodelle viel hergegeben hätten, aber mir war daran gelegen, dass der Film sich rasch füllte, um baldmöglichst an das Foto mit Marion zu gelangen. Danach setzte ich mich wieder neben sie. Während das Stehen auf der Aussichtsplattform für meine Höhenangst kein Problem war, gefiel mir der Blick durch den metallenen Gitterboden in die Tiefe gar nicht, so beschloss ich, nur noch hinaus- und nicht mehr hinunterzusehen. Weit draußen glitt ein Schiff dahin, und es schien kaum schneller als die kleine Wolke über ihm, die in die gleiche Richtung wollte, aber noch bevor ich miterleben konnte, wie dieses Rennen ausgehen würde, hatten beide sich aufgelöst: Das Schiff war hinter dem Horizont verschwunden, die Wolke verdunstet. Eigentlich suchte ich nach einem Gesprächsthema, fand es aber dann doch nicht vonnöten, denn das gemeinsame Schweigen fühlte sich nicht unangenehm an. Marion hatte die Sonnenbrille aufgesetzt und den Kopf zurückgelehnt und schien einfach die Sonne zu genießen. So vergingen ein paar Minuten, dann forderte sie mich zu meiner Freude auf, noch ein Foto von ihr zu machen. Sie steckte die Sonnenbrille ins Haar, und ich nutzte die Gelegenheit, drückte nicht nur einmal ab, sondern vier- oder fünfmal. Dann erzählte sie, dass der Besuch des Leuchtturms zu ihren frühesten Erinnerungen gehörte, schon ihr Vater habe sie im zarten Kindesalter auf die Aussichtsplattform mitgenommen, und es gehöre seither zu ihren Gepflogenheiten, Freunden oder Verwandten den Turm zu zeigen.

„Und nun habe ich auch Sie hier heraufgeschleppt", sagte sie mit leisem Triumph in der Stimme. Nach wie vor siezten wir uns, sie war immer noch Frau Roth für mich, während sie sich das Recht der Älteren herausnahm und mich mit meinem Vornamen anredete. Sie fragte mich nach meiner Kindheit und Jugend, und ich bemühte mich, das, was ich für recht belanglos hielt, in zwei, drei kurzen Sätzen auszudrücken, aber sie meinte, wenn ich mich so kurz fasste, könnte es wohl keine glückliche Kindheit gewesen sein, schränkte aber ein, wenn ich nicht mehr davon erzählen wolle, wäre es gut. Es sei alles nicht von besonderem Interesse, beeilte ich mich zu sagen, und sie fragte nicht weiter. Ich sei wohl jemand, der eher in die Zukunft blicke und nicht zurück, sagte sie, und das fände sie gut, und da ich mich genauso sah, freute ich mich über die Übereinstimmung und Bestätigung. Dass ein junger Mensch die Verlockungen der Großstadt hinter sich ließe und stattdessen die Einsamkeit suche, sei aber doch ungewöhnlich, bemerkte sie, und ich entgegnete, dass mir flaches, ruhiges Land eher gefiele und ich niemand sei, der sich in der Menge lange wohlfühle. Von Großstädten hielte sie selbst auch wenig, sagte sie, und sei kaum jemals über die Landeshauptstadt hinausgekommen, abgesehen von ein paar Urlaubsreisen, wie zum Beispiel zu ihrer Schwester in die USA, die sie allerdings jetzt mehrere Jahre nicht mehr gesehen habe.

Unser Zwiegespräch versiegte dann, Marion stand auf und blickte hinaus, die Augen mit der Hand vor der Sonne schützend, lange, wortlos, fast in der Bewegung eingefroren, so als ob sie von dort, wo Himmel und Wasser aufeinandertrafen, etwas erwarten würde, und beinahe hatte ich schon wieder den Finger auf dem Auslöser, beherrschte mich aber, da ich sie nicht fotografieren wollte, wenn sie es nicht merkte, ich hätte es nicht höflich gefunden. So blieb mir nur, mich an ihrem Anblick zu erfreuen, wie der Wind in ihrer Frisur und in ihrer Kleidung wühlte, die Sonne auf ihren Lippen und ihrer

Nasenspitze glänzte. Mich erhebend, knipste ich noch einmal auf die See hinaus.

„Es ist so einsam zuhause", sagte Marion. „Ich würde gern mein Leben ändern. Von hier weggehen und etwas Sinnvolles tun." Sie hielt eine Weile inne und fuhr dann fort: „Wissen Sie, ich bin hier geboren und aufgewachsen, aber seit der Scheidung und seit meine Tochter in der Stadt ist, habe ich das Gefühl, dass meine Zeit hier beendet ist."

Ihr kluge Ratschläge zu geben, dazu fühlte ich mich nicht berufen, und fragte nur:

„Wenn Sie die Möglichkeit hätten, sich irgendwo auf der Welt niederzulassen, wo wäre das?"

„Eher Land als Stadt", meinte sie, „eher ruhig als laut. Aber vielleicht doch nicht so abgelegen wie hier im letzten Dorf vor der Küste." Sie ließ den Blick über Meer und Land gleiten, aber ich hatte den Eindruck, als würde sie eher starr hindurchsehen als einzelne Punkte betrachten. „Alle Wege stehen offen", fuhr sie fort, „aber ich sehe kein Ziel."

„Irgendwann werden Sie eines sehen", sagte ich mit aufmunterndem Unterton und vielleicht eine Spur zu selbstsicher. Schließlich fragte sie, ob wir uns nicht auf den Rückweg machen sollten. Wir stiegen die siebenundneunzig Stufen wieder hinab. Unten angekommen, knipste ich den Leuchtturm, vor ihm kniend, so, dass er später auf dem Bild wie ein gewaltiges, hoch aufragendes babylonisches Bauwerk wirkte, und Marion sah mit ihrem leicht spöttischen Blick zu, wie ich mich mühte, im Sand und zwischen Gräsern herumrutschend, den Turm aus dem Blickwinkel der Ameise bestmöglich einzufangen.

*

Als mich an einem dieser Tage die Unlust, selbst zu kochen, abends in den Gasthof trieb, ahnte ich schon, dass mich der Wirt auch diesmal wieder nicht nur als herkömmlichen Gast betrachten würde. Zwar entkam ich seiner nachforschenden Art zunächst, indem nicht er, sondern die Bedienung meine Bestellung aufnahm und auch brachte, als es jedoch ans Bezahlen ging, kam er selbst an den Tisch und erzählte, dass seine Bekannte, die Journalistin, schon bei ihm nachgehakt habe, weil ich mich nicht bei ihr gemeldet hatte. Er legte mir nahe, dies nicht zu vergessen, denn nachdem der Bericht in der Zeitung erschienen sei, könne man endlich die Lesung in seinem Haus halten und auf zahlreiche Zuhörerschaft hoffen. Dass er die mögliche Berichterstattung hauptsächlich als Werbung für seinen Gasthof betrachtete, schien mir offensichtlich, und ich nahm es ihm nicht übel, er war schließlich nicht nur Literaturfreund, sondern auch Geschäftsmann. Zunächst versuchte ich mich damit herauszureden, dass mein Telefon noch immer nicht angeschlossen sei – was der Wahrheit entsprach –, aber ich merkte schon, dass es schwer würde, diesem halbgesponnenen Netz noch einmal zu entrinnen, und sicherte ihm zu, mich baldmöglichst bei seiner Bekannten zu melden. Die umsitzenden Gäste, die mich sonst kaum beachtet hatten, hörten bei unserem Gespräch ohne falsche Schüchternheit und lebhaft nickend zu, und ich schloss daraus, dass mein Bekanntheitsgrad zwischenzeitlich sprunghaft angestiegen war, vermutlich durch eifrige Öffentlichkeitsarbeit des Wirtes. Noch in der gleichen Woche stand der Mann von der Bundespost vor meiner Tür, um mein Telefon anzuschließen, und als dies geschehen war, kramte ich die Nummer der Journalistin aus meinem Papierstapel auf dem Schreibtisch hervor und griff zum Hörer des kieselgrauen Apparates. Wir vereinbarten einen Termin für ein Treffen bei mir zuhause. Gleich danach wählte ich die nächste Nummer, nämlich jene des Autohändlers aus der Stadt, bei dem mein Wagen zum Verkauf stand. Er stand dort immer noch, hieß es, zwar hätten sich ein, zwei Leute für ihn interessiert, aber ein Verkauf sei indes noch nicht zustande gekommen. So ließ ich dort meine neue Nummer zurück und bat um Nachricht, sobald es Neuigkeiten gäbe.

Mit dem Manuskript kam ich immer noch reibungslos vorwärts, die Ideen gingen mir nicht aus, und ich verbrachte den Großteil der Tage an der Maschine, meist vom späten Vormittag bis in die frühen Abendstunden hinein. Auch der Lektor hatte zwischenzeitlich noch einmal bei Marion angerufen, da er meine neue Nummer noch nicht hatte, aber ich hatte nicht zurückgerufen, weil ich die Häufigkeit seiner Anrufe zunehmend als störend empfand und sie mich auch bei meiner Arbeit nicht weiterbrachten, denn bislang schrieb ich danach weder schneller noch besser. Zweifellos war seine hehre und durchaus berechtigte Absicht einfach, mich zu Höchstleistungen zu bewegen, auch angesichts des Geldes, das ich im Voraus vom Verlag erhalten hatte, und möglicherweise gibt es auch schreibende Kollegen, die in regelmäßiger Verbindung zu ihren künstlerischen Betreuern stehen und daraus Gewinn ziehen, aber ich hatte diese kleinen Anstupser jedoch alles andere als nötig und verbrachte die Zeit viel lieber an der Maschine als am Telefon.

Eine kleine Trübung meines ansonsten so friedlichen und arbeitsamen Alltags gab es dann doch, denn Marion wollte dieser Tage ihr geplantes Vorhaben in die Tat umsetzen und ihre Schwester in den USA aufsuchen. Sie war so lieb, mich wieder einmal zu einem nahrhaften Mittagessen einzuladen und kündigte bei dieser Gelegenheit an, bereits kommende Woche zu fliegen und mindestens zwei Wochen dort zu bleiben. Natürlich sagte ich, dass ich mich freue, dass sie so eine schöne Reise vor sich habe, andererseits ahnte ich schon, dass ich sie vermissen würde, wollte mir dabei jedoch auch nicht zu sehr leidtun und beschloss, mich umso mehr um die Arbeit zu kümmern. Marion fragte mich, ob ich sie zum Flughafen in die Landeshauptstadt begleiten könne, um danach mit ihrem Auto zurückzufahren, da sie es dort nicht so lange im Parkhaus stehenlassen wolle, und ich sagte, trotz der unmenschlich frühen Abfahrtszeit, selbstverständlich zu.

Als es am Abreisetag so weit war und ich hinauseilte, hatte Marion ihre Koffer längst im Auto verstaut und wartete nur noch auf ihren Beifahrer. Vor uns lag eine ausgedehnte Fahrt über Landstraßen, das letzte Stück würde über die Autobahn gehen. Marion fuhr zügig, ich schaute zum Fenster hinaus. Die

Sonne versteckte sich schüchtern hinter Dunstschleiern, am Straßenrand flogen Pappeln vorbei.

„Als wir auf dem Leuchtturm waren", sagte Marion, „sagte ich zu Ihnen, dass mir zwar die Wege offenstehen, aber ich könne kein Ziel sehen. Sie sagten daraufhin, dass ich es eines Tages sehen werde. Mir ist erst jetzt klar geworden, dass Sie recht haben. Zuerst dachte ich, diese Worte sind leer, aber jetzt sehe ich den Sinn darin. Ich verstehe sie jetzt so, dass ich das Ziel bereits kenne, aber es nur noch nicht sehe." Sie sah mich fragend von der Seite an, und ich antwortete, dass dies so sein könnte.

„Gut" sagte sie dann, „aber eines muss ich Sie noch fragen."

„Ja?"

„Wann ich das Ziel sehen werde, wissen Sie nicht?"

Eine Erwiderung erübrigte sich, sie erwartete nicht ernsthaft eine Antwort.

„Versteifen Sie sich nicht auf das Finden eines Zieles", fühlte ich mich berufen zu sagen. „Das Finden kann auch in Enttäuschung enden, in Langeweile und Routine, im Erreichen einer Endstation."

„Sie meinen, ich sollte schon im Suchen Erfüllung finden."

„Wer sucht, bleibt wach", fand ich.

„Das heißt, dass der ewig Suchende es besser hat als der, der gefunden hat. Aber Sie sind doch jemand, der schon am Ziel ist, denn Sie wussten genau, was Sie wollten. Was empfinden Sie jetzt dabei?"

„Jedenfalls keine Enttäuschung, keine Langweile, keine Routine, falls Sie das jetzt meinen. Das liegt vermutlich in der Natur meiner Tätigkeit."

Marion sagte eine Weile nichts, scheinbar ihre ganze Aufmerksamkeit auf die Straße richtend, aber ich spürte, dass sie das offensichtlich Widersprüchliche verarbeitete.

„Sie sind zu beneiden", sagte sie schließlich. „Ich bin zehn Jahre älter als Sie und weiß nicht wohin mit mir."

„Vielleicht finden Sie auf Ihrer Reise Anregungen dafür. Ich wünsche es Ihnen."

Am Flughafen sah ich Marions Maschine so lange nach, bis sie zum Punkt schrumpfte und schließlich mit dem Himmel verschmolz. Dann fuhr ich nach Hause, eilte in mein Arbeitszimmer und stellte ihr Bild auf den Schreibtisch.

*

Es kam der Tag, an dem das Gespräch mit der Journalistin anstand. Im Lauf der Zeit hatte sich mein Tagestakt geändert, ich fing oft erst abends an zu arbeiten, bis spät in die Nacht oder sogar bis zum frühen Morgen des nächsten Tages, und so war es auch heute, so dass ich erst gegen Mittag aus dem Bett kam, nach einem sparsamen Frühstück noch etwas Ordnung in die Wohnung brachte, und die Journalistin, kaum dass ich bereit war, auch schon vor meiner Tür stand. Aus einem Kunststoffkoffer packte sie ein Tonbandgerät samt Mikrofon aus. Ob wir uns vielleicht auf die Terrasse setzen könnten? Es war schönes Wetter, also gerne. Sie stöpselte das Gerät an eine

Steckdose im Wohnzimmer, schleppte es hinaus und baute es auf meinem neuen Gartentisch auf, das Mikrofon auf einem Ständer daneben. Dabei spürte ich, wie ich nervös wurde. Noch nie hatte es jemand für notwendig gehalten, mir Fragen für die Zeitung zu stellen, und ich hatte mit einem Mal Angst davor, mich bei den Antworten zu blamieren, etwas Falsches zu sagen, oder auf manche Fragen vielleicht keine Antwort geben zu können. Um zu entkrampfen, mühte mich um die Lockerheit und Gelassenheit des erfahrenen Gastgebers von Welt und fuhr Tee und Kuchen auf. Die Journalistin tänzelte dabei fortwährend im zwitschernden Plauderton um mich herum, besah sich auf meinen Hinweis, dass sie sich gern umsehen könne, das Haus (ins Arbeitszimmer gelangte sie nicht, das hatte ich abgeschlossen), kommentierte dabei jedes Bild an der Wand und jedes Kissen auf dem Sofa, und als es des Tänzelns und Zwitscherns genug war, setzten wir uns hinaus. Sehr froh war ich, dass sie das Band nicht gleich loslaufen ließ, sondern wir uns erst dem Kuchen widmeten und dabei über Alltägliches sprachen. Um meine immer noch zwischen Magen und Darm lauernde Nervosität zu über-decken, nahm ich das Heft in die Hand und stellte ihr Fragen, bevor sie mir welche stellen konnte, erkundigte mich nach Einzelheiten zu ihrer Tätigkeit und ihrer beruflichen Laufbahn, und versuchte vielleicht etwas zu sehr, mit übertriebenem Witz und aufgesetzter guter Laune das Wühlen in meinem Bauch unter Kontrolle zu bekommen. Tatsächlich verging so fast eine Stunde, ich wurde entspannter dabei, denn sie lachte herzlich über all meine alten Witze, und fast hoffte ich schon, dass der eigentliche Zweck ihres Besuches vergessen sei, aber diese Hoffnung war natürlich umsonst. Nachdem die Kuchenteller beiseitegestellt und der Tee noch einmal nachgeschenkt war, platzierte sie das Mikrofon in der Tischmitte, schaltete das Tonband ein, machte eine kurze Probeaufnahme, und fing dann an, mir Fragen zu stellen. Einen vorbereiteten schriftlichen Fragenkatalog hatte sie nicht, sondern sie wollte, wie sie mir vorher noch erläutert hatte, einfach ein lockeres, spontanes Gespräch führen, und es sollte keinesfalls darum gehen, bestimmte Inhalte stur abzuarbeiten. Die ersten Fragen nach meinem früheren Leben, meinen dichterischen Anfängen (in denen ich mich ja immer noch befand) und meinen Plänen und Zielen überforderten mich nicht. Schließlich rückte das Schreiben an sich in den Mittelpunkt. Sie fragte mich, woher die Ideen kämen. Das lange Überlegen darauf in Verbindung mit einem etwas ratlosen Blick meinerseits kam dadurch zustande, dass ich mich das selbst noch nie gefragt hatte. Als sie bemerkte, dass ich noch ein paar Sekunden für die Antwort brauchen würde, beruhigte sie mich und sagte augenzwinkernd, die Denkpause würde nicht im Druck erscheinen. Schließlich antwortete ich, dass sich die Inhalte für Manuskripte langsam im Kopf ansammeln würden, oft angeregt von einfachen Beobachtungen, aber meist einfach durch Nachdenken. Der Rest, so schloss ich, käme aus den Fingern, nicht aus dem Kopf.

„Sind Sie ein schneller Schreiber?" war die nächste Frage.

„Ziemlich schnell", antwortete ich. „Oft fallen mir dabei die richtigen Worte nicht ein, ich schreibe aber trotzdem weiter,

mit drittklassigen Ersatzbegriffen, muss dann aber zurück-
gehen und alles mühsam verbessern. Ich versuche gerade, mir
diese Arbeitsweise abzugewöhnen und druckreifer zu
schreiben."

Sie fragte mich nach meinen Vorbildern. Wieder zögerte ich,
wieder kam ihr augenzwinkerndes Verständnis, und ich sagte
vorsichtig, dass es viele Autoren gäbe, die ich gern lese, aber
ich beim Schreiben nicht versuche, jemandem nachzueifern,
das würde im Raub der Worte und Stoffe enden, ich sei
Schreiber und nicht Abschreiber. Nach vielleicht einer
Dreiviertelstunde schaltete sie das Gerät aus, um mir eine
Entspannungspause zu gönnen, wie sie sagte. Dies gab mir
Gelegenheit, Tee nachzureichen und die Kuchenteller in die
Küche zu räumen. Sie meinte dann, ich verhalte mich sehr
angenehm als Gesprächspartner und würde meine Sache sehr
gut machen. Ob sie denn den bekannten Großwildschreiber
schon einmal befragt habe, wollte ich dann wissen, und sie
erzählte, dass dieser trotz seiner allgemein berüchtigten
Aufmerksamkeitssucht dem kleinen Tageblatt ein Gespräch
hartnäckig verweigere, vermutlich, weil damit nur geringe
Reichweite gegeben war. Sie sei nach ein paar Versuchen, mit
ihm in Kontakt zu treten, einfach hingefahren, aber offenbar
war er nicht im Haus gewesen, so habe sie beschlossen, zu
warten.

„Nach zwei, drei Stunden, genau weiß ich es nicht mehr, kam
er angefahren. Er öffnete das Tor in den Hof, um sein Auto
hineinzufahren und gab sich dabei sehr mürrisch, so wie ich
ihn aus Fernsehsendungen kannte, sehr mürrisch und

einsilbig, sehr abweisend und sehr unfreundlich. Nachdem er das Auto drinnen geparkt hatte, kam er zurück, allerdings nicht, wie ich gehofft hatte, um mit mir zu sprechen, sondern er knallte das Tor zu und ließ mich draußen stehen. Von drinnen hörte ich ihn noch fluchen, bis er im Haus verschwunden war." Ihr Gesicht hellte sich auf, sie sah mich fröhlich an und sagte: „Sie sind ganz anders."

Vor der zweiten Gesprächsrunde fiel mir ein, sie noch einmal darauf hinzuweisen, dass ich noch nichts Gedrucktes vorweisen könne und Bedenken habe, ob beim Leser nicht ein falscher Eindruck entstünde, aber sie meinte, genau das wäre das Reizvolle, denn sie würde mich in ihrem Bericht als hoffnungsvollen Schreiber kurz vor der Veröffentlichung seines Erstlingswerkes ‚verkaufen', das würde den Lesern gefallen. Sie drückte auf den Startknopf, die Spulen des Tonbandgerätes drehten sich wieder. Es dauerte nicht lang, und wir gelangten erneut an eine Denkpausenfrage:

„Viele Autoren schreiben ja oft und mehr oder weniger verschlüsselt über sich selbst. Wie ist das bei Ihnen? Wieviel von Ihnen steckt in Ihren Manuskripten?"

Und nach der gewohnten Schrecksekunde sagte ich, wieder jede Silbe genau abwägend: „Ich erforsche mich nicht selbst. Wie könnte ich nicht befangen und blind sein, wenn ich es doch tue. Man sollte das Erforschen Dritten überlassen. Erfolgreiche Schreiber werden doch ohnehin dauernd von den Kritikern durchleuchtet. Erfolglose höchstens von ihrem Psychiater."

„Das heißt, wenn jemand Sie nach einer Deutung der Inhalte von dem, was Sie schreiben, fragen würde, Sie würden ihm die Antwort vorenthalten."

„Es steht doch alles auf dem Papier. Schreiber, die sich selbst deuten, nehmen sich zu wichtig, und Bücher, die schon hunderte Seiten lang sind, sollten nicht auch noch eine Betriebsanleitung benötigen. Aber vielleicht kommt doch einmal ein Kritiker zu mir und erklärt mir, was ich geschrieben habe."

Irgendwann kam die letzte Frage, die ich arglos beantwortete.

„Sie haben vorhin gesagt, dass Sie sich unter anderem von Beobachtungen anregen lassen. Beobachten Sie jetzt im Moment auch etwas?"

„Ja."

„Was?"

„Wie gut Ihre Augen- und Ihre Haarfarbe zusammengehen."

Sie lachte, ich lachte mit. Sie dankte mir dann für das Gespräch und stellte das Tonbandgerät, dessen Aufwickelspule sich dick mit Band gefüllt hatte, ab. Der Bericht werde wahrscheinlich Ende nächster Woche in der Zeitung erscheinen, sagte sie dann, und unser gemeinsamer Bekannter, der Wirt vom Dorfgasthof, habe sie gebeten, im Rahmen dessen auch den Zeitpunkt für meine geplante Lesung zu veröffentlichen. Sie sei dann auch dabei und würde noch einmal über mich berichten. Selbst war ich mir immer noch nicht sicher, ob ich eine derartige Veranstaltung auf mich nehmen wollte, wägte in stillen Stunden das Für und Wider ab, fand eigentlich kaum Wider, und als ich einige Tage später abends im Gasthof zugegen war, kam der Wirt gleich an meinen Tisch, freudig grinsend, denn dass ich seiner Bekannten Rede und Antwort gestanden hatte, das wusste er natürlich längst. Wir einigten uns dann auf einen Tag für die Lesung, und ich teilte dies zuhause der Journalistin telefonisch mit.

Wie bereitet man sich auf eine Lesung vor, fragte ich mich dann. Nun, Text zum Lesen hatte ich ausreichend, es wäre wohl zielführend gewesen, einen Ausschnitt auszuwählen und zu proben, indem ich mir selbst vorlas. Genauso machte ich es auch, etwas steif in Vorlesehaltung am Schreibtisch sitzend, den betreffenden Stapel Papier idealerweise in der richtigen Reihenfolge neben mir liegend, und mich um eine Stimme bemühend, die laut, deutlich und angenehm genug war. Dabei übte ich Betonungen, versuchte mir die Stellen einzuprägen, in denen die Sätze sehr lang waren, um mich nicht zu verirren – es waren derlei viele –, und bei wörtlichen Reden wandte ich unterschiedliche Tonfälle an. Eigentlich bin ich kein großer Freund davon, wenn Schreiber ihr Geschriebenes vorlesen, sie sind keine Schauspieler und daher meist schlechte Vorleser, überdies kann die Zuhörerschaft selbst lesen, aber derartige Veranstaltungen sind wohl ein allgegenwärtiger Teil des Literaturbetriebes, dem ich damals schon und auch heute noch höchst misstrauisch gegenüberstehe, aber ich war gewillt, an mir selbst auszuprobieren, inwieweit mir ein solches Erlebnis zusagte. Während einer meiner Vortragsübungen wurde ich vom Telefon unterbrochen. Es war der Autohändler in der Stadt, der mir mitteilte, dass er meinen Wagen verkauft habe. Da ich kein Konto besaß – die Miete in der alten Heimat hatte ich der Vermieterin immer unter der Tür durchgeschoben, Marion gab ich sie persönlich –, vereinbarten wir, dass ich in die Stadt kommen und mir den Betrag in bar abholen würde. Nur wenige Minuten nach dem Telefonat mit dem Autohändler rief mich die Journalistin an und sagte, dass der Bericht fertiggestellt sei und nur noch meiner Freigabe bedürfe, und sie fragte, wie wir dies regeln könnten. Mich erstaunte, dass mein Zutun notwendig war, und sie sagte, dies wäre so üblich, damit ich mich in der Zeitung nicht falsch zitiert oder dargestellt fände. Nachdem ich ihr gesagt hatte, dass ich demnächst in der Stadt sei wegen meines Wagens, meinte sie, ich solle doch in ihrem Büro vorbeikommen, dort könne ich den Bericht lesen und anfallende Änderungen sofort anmerken. Am nächsten Tag fand ich mich mit Marions Auto zunächst beim Autohändler ein und holte das Geld ab, und fuhr dann, den Weg vom Stadtplan auf meinen Knien ablesend, weiter zur Adresse, die mir die Journalistin gegeben hatte. Erwartet hatte ich das Gebäude der Zeitung, stand aber vor einem Wohnhaus und dachte zunächst, es handele sich um ein Missverständnis. Aber unter den zahlreichen Namen auf der Klingeltafel fand ich auch den ihren, so läutete ich, wurde eingelassen und sprintete in den zweiten Stock, wo sie an der Tür wartete. Auf meine Nachfrage erklärte sie, sie wohne und arbeite hier und befände sich meist nur zu Besprechungen oder zur Abgabe von fertigen Arbeiten im Zeitungshaus. Sie bat mich ins Wohnzimmer, wies mir einen Platz auf dem Sofa zu und legte mir dann den Bericht vor. So las ich ihn unverzüglich, hatte auch nichts zu mäkeln, sondern war erfreut, mich so wohlwollend dargestellt zu sehen, und es war ein gar merkwürdiges und völlig neues Gefühl für mich, das eigene Gesagte gedruckt zu sehen. Ungefragt hatte sie währenddessen Tee und Gebäck vor mir abgestellt, war dann verschwunden und kam erst wieder, als ich alles gelesen hatte. Ihr für die gute Arbeit dankend, gab ich ihr den Bericht zurück, und sie freute sich, dass ich so ein ‚zahmer Kunde' sei, es komme immer wieder vor, dass viele Gesprächspartner hinterher an ihren eigenen Aussagen zweifelten, obwohl diese auf Tonband vorlagen, und dann so lange darin herumarbeiteten, bis sie sich selbst gefielen. Ob ich schon etwas vorhabe für den Rest des Nachmittags, fragte sie dann, und auf mein Verneinen hin sagte sie, es gäbe im Schlossgarten ein neues Café, man könne dort zunächst etwas umherschlendern und sich dann bequem auf eine Tasse Tee zurückziehen. Dass die Stadt über einen Schlossgarten und überhaupt über ein Schloss verfügte, war mir neu, und da das Wetter freundlich war und ich nichts weiter vorhatte, nahm ich den Vorschlag gerne an. Nachdem wir besagten Schlossgarten weitläufig durchwandert hatten, besetzten wir eine der zahlreich aufgestellten Holzbänke, mit Ausblick auf einen künstlichen See, in dessen Mitte aus einer Steinfigur eine weiße Fontäne entsprang, die Äste eines weit ausladenden Baumes gnädig über uns geneigt, und sie ging wieder dazu über, mich über mein Dasein als angehender Autor zu befragen, so dass ich zurückfragte, ob sie ein Tonbandgerät in Kleinstausführung in der Jackentasche habe und unser Gespräch aufzeichne. Sie sei es nur gewohnt, Leuten Fragen zu stellen, rechtfertigte sie sich belustigt, das bringe ihr Beruf mit sich. Später besuchten wir das bereits von ihr erwähnte Café, danach verbrachten wir noch eine Stunde in jenem Bereich des Schlosses, der zur Besichtigung freigegeben war und gingen eine lange Runde durch den Park zurück zu ihrem Wagen. Sie fragte mich nach meinen Plänen für den Abend, und da ich keine hatte, schlug sie vor, für später einen Tisch im besten Lokal der Stadt zu reservieren, bis dahin freue sie sich, wenn ich Gast in ihrem Heim sei. Auch dagegen hatte ich nichts einzuwenden. Bei ihr zuhause mäkelte ich an der vorhandenen Büchersammlung herum, diese sei viel zu klein, und darüber hinaus fehlten die wichtigsten Autoren, und wie gewöhnlich, wenn ich von den vermeintlich besten Schreibern sprach, überfiel mich ein schwer zu beherrschender Bekehrungsdrang, und ich wies sie mit nicht allzu ernsthaftem Unterton an, alle Werke und Autoren aufzuschreiben, die ich ihr nannte, und die ich in einem wohlgeführten Bücherschrank für unverzichtbar hielt. Dies sei ein gutes Thema für einen Essay, meinte sie daraufhin und kam darauf zu sprechen, dass ich Beiträge für die Zeitung liefern könnte, und sie bat mich, einen Bericht über klassische Autoren und ihre meiner Meinung nach wichtigsten Bücher zu schreiben, sie würde dann beim Chefredakteur durchsetzen, dass dieser gedruckt würde, und das war ein Angebot, das ich gerne annahm. Unsere Unterhaltung setzten wir später in dem genannten Lokal fort, und als ich gegen zehn Uhr abends die Heimfahrt antrat, fand ich, dass es ein sehr angenehmer Tag mit einer interessanten Gesprächspartnerin gewesen war, und dass es kaum eine Minute ohne angeregte Unterhaltung gegeben hatte, was sich zweifellos auf ihre Begabung, im richtigen Moment die richtige Frage zu stellen, zurückführen ließ. Am nächsten Tag rief sie mich an und bedankte sich, dass ich ihr gestern Gesellschaft geleistet hatte, und dass sie sich freuen würde, wenn sich vielleicht bald noch einmal eine Gelegenheit zu einem Treffen ergäbe. Wir beschlossen, die nächsten Tage noch einmal zu telefonieren. Nicht lang danach hatte ich ein Belegexemplar von der Zeitung im Briefkasten, in der unser Gespräch in der Rubrik ,Aus der Region' abgedruckt war, wie besprochen mit einer Ankündigung der bevorstehenden Lesung.

In den folgenden Tagen saß ich, wieder meist von Mittag bis Abend, vor der Schreibmaschine, dabei auch vor Marions Bildnis, und ich fühlte mich sehr wohl dabei. Auch heute hatte ich den Drang, nach getaner Arbeit die Gliedmaßen in Bewegung und frische Luft in die Lungen zu bringen, so wanderte ich vor zu den Klippen und richtete den Blick hinaus über Meer und Himmel. Wenn wie jetzt das Wetter übellaunig war, Regen aus vereinzelten finsteren Wolkenfetzen mein Gesicht benetzte und der Wind in zornigen Böen nicht nur das Dünengras wellte, sondern auch ungeduldig an Haaren und Kleidung zerrte, es störte mich nicht. Das Gefühl, dass ich in dieser Landschaft viel richtiger war als am Fuß der Berge, wo ich aufgewachsen war, und deren Gipfel ich immer als schwebende Bedrohung wahrgenommen hatte, und viel richtiger als in der großen, unruhigen Stadt, die ich verlassen hatte – dies hatte ich schon bei meiner ersten Wanderung an den Klippen so empfunden –, verfestigte sich stetig. Marion hatte gesagt, dass ich mein Ziel schon gefunden habe, aber dennoch war ich nie ein Suchender gewesen, ich war nur meiner Bestimmung gefolgt, und diese hatte mich hierhergeführt. Breitbeinig, unerschütterlich und selbstsicher stand ich da, genoss die rauhe Witterung in meinem Gesicht, genoss die Einsamkeit, genoss den Ausblick. In der östlichen Ferne nahm ich dabei wieder die im Dunst wabernden Umrisse des Leuchtturms wahr, mein ständiger Erinnerer an jenen Nachmittag mit Marion. Alle Zweifel, alle Unsicherheiten, die ich noch in der Stadt an mir selbst wahrgenommen hatte, fielen in diesem Moment von mir ab, ich war mir sicher, auf dem richtigen Weg zu sein, aber ich verspürte nun auch den Wunsch, diesen Weg künftig nicht mehr allein gehen zu müssen.

*

Heute ist Lesung – dies war mein erster Gedanke beim Aufwachen an besagtem Tag. Losgehen sollte es abends um halb acht, ich solle mich aber eine Stunde vorher einfinden, hatte der Wirt bestimmt, er würde mir dann noch ein kostenloses Abendessen auftischen. Zu tun hatte ich an diesem Tag wie üblich nur Schreibarbeit, so setzte ich mich an die Maschine und schrieb bis zum späten Nachmittag. Dann steckte ich den zu lesenden Packen Papiers in eine Aktentasche, kümmerte mich vor dem Spiegel um gefälliges Äußeres und gepflegte

Haartracht, und wählte anschließend aus meinem schmalen Kleiderschrank ein waldgrünes Jackett, das ich eines lesenden Dichters für würdig hielt. Der Wirt hatte vor dem Gasthof eine Tafel aufgestellt, auf der das anstehende Ereignis beworben wurde, und die sich ausgezeichnet dazu eignete, mein Fahrrad dort anzuketten (als ich das Fahrrad kaufte, hatte mich der Werkstattbesitzer darauf hingewiesen, dass das Abschließen hier im Dorf nicht nötig und auch verpönt sei, dennoch war ich diesbezüglich aufgrund meiner Erfahrungen in der alten Heimat misstrauisch). Der Wirt in der noch leeren Gaststätte begrüßte mich lautstark und gutgelaunt. Wie von ihm versprochen, bekam ich zunächst mein kostenloses Mahl, dann bat er mich, mich für die Lesung an einen Tisch zu setzen, der vor dem Tresen aufgestellt worden war. Darauf stand ein Tischmikrofon, dessen Kabel zu einer eigens von ihm herbeigeschafften Beschallungsanlage führte, so dass man mich bis in die abgelegensten Ecken und Winkel der Gaststube hören könne, wurde mir versichert. Auch eine Leselampe fand sich dort, und damit noch nicht genug, man hatte an einem Stützbalken sogar einen Scheinwerfer angebracht, der von rechts Licht auf mich warf und erst nach einiger Einstellarbeit aufhörte, mir ins Auge zu stechen. Nach einer kleinen Klangprobe war ich bereit, hatte meinen Papierstapel vor mir, und bekam vom wie immer fürsorglichen Wirt noch ein Getränk dazugestellt. Wie groß der Andrang würde, ich konnte es mir nicht vorstellen, es hätte mich auch nicht gewundert, wenn nur zwei oder drei Leute gekommen wären, aber eine halbe Stunde vor Beginn der Lesung begann die

Gaststätte sich zu füllen. Ich erkannte einige Gesichter aus dem Dorf, darunter den Werkstattbesitzer, der mir zunickte, und den Inhaber des Dorfladens, der samt Frau und Tochter erschien, und als es kurz vor halb acht war, bekamen sogar einige Leute keinen Sitzplatz mehr, und der Wirt schaffte zusätzliche Sitzfläche, indem er eine lange Holzbank aufstellen ließ, die sonst bei schönem Wetter in seinem Hof genutzt wurden. Als die ersten Gäste eingetroffen waren, hatte ich noch am Lesetisch gesessen und wurde dabei von jedem Eintretenden sofort in Augenschein genommen, dies wurde mir bei der zunehmenden Anzahl an Zuhörern bald lästig, so verließ ich den Tisch und stellte mich seitlich an den Tresen, um wie ein normaler Gast zu wirken und dem Rampenlicht fürs erste zu entgehen. Schließlich tauchte auch noch die Journalistin vom Tageblatt auf, ihr sicherer Blick fand mich sofort und sie bahnte sich ihren Weg zu mir. Viel Zeit für ein Gespräch blieb jedoch nicht mehr, der Wirt kam hinter dem Tresen hervor, legte seine Arme um uns und sagte halblaut, er müsse dieses schöne Paar jetzt trennen, da der angehende Erfolgsautor zu arbeiten habe. Sie blieb am Tresen, ich trat ins Rampenlicht, setzte mich, dann kam der Wirt an den Tisch, klinkte das Mikrofon aus dem Ständer und machte eine kurze Ansage, in der er mich als angehenden Erfolgsautor vorstellte, der bald in einem der vorzüglichsten Verlage des Landes (er sagte es genau so) sein Erstlingswerk veröffentlichen würde, und es sei ihm als Liebhaber guter Literatur eine Ehre, mich heute bei ihm zu haben. Ein kurzer Beifall, ich erhielt das Mikrofon zurück, dann wurde es sehr schnell sehr still in der

Gaststube, zudem löschte der Wirt das Licht an der Decke, so dass nur die kleinen Leuchten über den Tischen und mein Scheinwerfer anblieben. Nachdem ich noch einmal in mich hineingeräuspert hatte, stellte ich kurz den Titel des Manuskripts vor, umriss dessen Handlung sowie die des zu lesenden Abschnitts kurz und begann zu lesen. Der Klang meiner Stimme über die Anlage schien mir wesentlich mehr Fülle und Macht zu haben als bei der Probe vorhin, vermutlich hatte man am Lautstärkeregler gedreht. Ich las, wie ich es zuhause geübt hatte, bemühte mich um Deutlichkeit, unterdrückte meine heimatliche Mundart, hatte Freude an schauspielerischer Betonung und Ausdruck, und versuchte, eine gleichmäßige Lesegeschwindigkeit zu halten. Je länger ich las, desto wohler fühlte ich mich dabei, und ich bekam allmählich Spaß daran, meine Stimme verstärkt zu hören, während es in der Gaststube nahezu völlig still blieb, und die Bedienung, die zeitweise durchs Halbdunkel huschte, die Bestellungen im Flüsterton aufnahm. Es war fast so etwas wie ein Hauch von Spannung zu spüren, alles schien nur auf mich zu achten, den sicht- und hörbaren Dreh- und Angelpunkt dieser Vorstellung, und ich hatte das Gefühl, dass ich mit der Stimme und dem Text die Lage und auch die Hörer vollständig beherrschte, und dass alle Aufmerksamkeit einzig und allein mir galt, so gab ich mir Mühe, dieser Herausforderung gerecht zu werden. Später, viel später habe ich ein Foto von der Lesung zu Gesicht bekommen, von jemandem, der es nicht gewagt hatte, mit Blitz zu foto-grafieren, und daher mit langer Belichtungszeit und ruhiger

Hand ein Bild hervorbrachte, auf dem ich als effektbeleuchteter Halbschatten inmitten einer dunkel funkelnden Unsichtbarkeit kauere, als wäre es eine Szene aus einem schwarzromantischen Theaterstück. So las ich Zeile um Zeile, Seite um Seite, Blatt um Blatt, vergaß darüber sogar mein Getränk und die hundert Augen, die auf mich gerichtet waren, und als ich in der letzten Zeile der letzten Seite angekommen war und danach das Blatt auf den Stapel legte, schien mir, als wäre vielleicht eine halbe Stunde vergangen, dabei zeigte die Uhr fast halb zehn. Man klatschte Beifall, sehr kräftig und sehr lange, und ich fühlte mich berufen, aufzustehen, mich zu bedanken und ein paar leichte Verbeugungen anzudeuten. Das Deckenlicht ging an, und schon war der Wirt wieder bei mir, griff sich das Mikrofon und hielt eine kurze Jubelrede auf mich und auch auf sich, denn er meinte, in nicht allzu langer Zukunft werde man sagen, dass meine Laufbahn in seinem bescheidenen Dorfgasthof begonnen habe, und er forderte die Leute zu erneutem Beifall auf. Ein paar Gäste kamen dann zu mir, teilten mir mit, wie sehr ihnen alles gefallen habe, dass vieles wirklich ‚schön geschrieben' sei, wie nahe ihnen manches gegangen sei, wie gefühlvoll sie vieles fanden, und ich dankte allen und freute mich. Auch der Werkstattbesitzer trat noch einmal an mich heran und sagte so etwas Ähnliches, was er mir beim Fahrradkauf schon mitgeteilt hatte, er finde es gut, dass endlich Kunst und Kultur in den Ort kämen, denn Kuhhirten gäbe es hier schon genug, und er hämmerte mir anerkennend auf der Schulter herum. Als der Gasthof sich geleert hatte und sich die Journalistin wieder an mich wenden wollte, ging der Wirt dazwischen und drückte mir zwei Geldscheine in die Hand, dies sei mein Anteil an einem überaus erfolgreichen Abend. An eine Bezahlung habe ich gar nicht gedacht, sagte ich ihm, und das stimmte auch, dieser Gedanke war mir zuvor nicht gekommen, aber er gab sich leutselig und gutmütig, schließlich sei seit der Hochzeit des Sohnes des Dorfvorstehers sein Gasthof nicht mehr so gut gefüllt gewesen. Auch seiner Einladung, sich mich mit ihm und der Journalistin noch auf ein Abschiedsgetränk zusammenzusetzen, entging ich nicht. Bei dieser Gelegenheit bewies der Wirt noch seine breite und tiefe Kenntnis unserer Literatur vom frühen neunzehnten Jahrhundert bis hinein in unsere Zeit, die ich ihm in dieser Kleinteiligkeit nicht zugetraut hätte, und er wollte uns sogar einladen, jetzt noch seine Büchersammlung zu besichtigen, aber ich lehnte unter dem Hinweis auf die späte Stunde ab, und die Journalistin bemerkte, dass ich an den Inhalten fremder Bücherschränke ohnehin nur herummäkele, wodurch der Wirt sofort hellhörig wurde und spitzfindig kundtat, wir seien uns wohl schon nähergekommen, als er geahnt habe. Schließlich entließ er uns, ich kettete mein Fahrrad ab, und die Journalistin wollte mich begleiten, so schob ich das Rad und wir gingen zu Fuß. Zuhause angekommen, fand ich es nicht richtig, sie gleich wieder allein in die Nacht zurückschicken, so bat ich sie herein, stellte Gläser vor uns hin, und ein kleiner Plausch entspann sich. Als die Gläser leer waren, holte sie selbst den Nachschub aus der Küche, setzte sich aber nicht mehr auf ihren vorigen Platz, sondern neben mich, bot mir das Du an, hielt mit ihrer mir schon bekannten Fragebegabung unser kleines Gespräch weiterhin mühelos am Laufen, und sie lachte wieder dankbar über meine zahlreichen trockenen Anmerkungen zu Diesem und Jenem, dabei mich mit sehr direktem Blick nicht mehr aus den Augen lassend. Ob sie mein Arbeitszimmer sehen könnte, fragte sie schließlich, sie würde einfach gern einen Blick hinein werfen, sie habe schon die Arbeitsplätze so mancher künstlerisch tätiger Menschen gesehen, und es sei interessant zu sehen, wie jeder sich dort auf seine eigene Weise einrichte. Ohne selbst mitzugehen, wies ich ihr den Weg, sie tappte über den Gang, und ich hörte, wie sie die Tür öffnete und den Lichtschalter betätigte. Nicht lang danach kam sie zurück und sagte, sie müsse jetzt gehen, sie sei plötzlich müde und es wäre schon spät, und auch mein Angebot, sie zu ihrem Auto zu begleiten, das vor dem Gasthof parkte, lehnte sie ab, und entschwand mit einem kurzen Gruß in die Nacht. Das Licht brannte noch im Arbeitszimmer, ich ging, um es zu löschen, dabei fiel mir auf, dass Marions Foto verrutscht war. Nachdem ich es auf seinen Platz zurückgestellt hatte, knipste ich das Licht aus und schloss die Tür.

*

Es war am darauffolgenden Freitag, dass Marions Haushälterin bei mir läutete und mich daran erinnerte, dass ihre Dienstherrin am Sonntag aus den USA zurückkäme und vom Flughafen abgeholt werden müsse. Zunächst legte ich Marions Bild wieder zurück in die Schreibtischschublade, um bei unangekündigten Besuchen ihrerseits nicht in Verlegenheit zu kommen, und verbrachte die verbleibende Zeit bis zu ihrer Rückkehr in stetig sich steigernder Vorfreude. Als sie mit dem Gepäckwagen aus dem Flughafengebäude kam, vermochte ich meinen Überschwang kaum noch zu zügeln. Schon auf die Entfernung sah ich, dass ihr die Reise gutgetan hatte, ihr Gesicht war heller, ihr Lachen blitzte, und allgemein schien sie in ausgelassener Stimmung, trotz des langen Fluges. Auf der Fahrt nach Hause erzählte sie viel von ihrer Schwester und deren Geburtstagsfeier, das Haus sei ständig voller Gäste gewesen, man sei kaum zur Ruhe gekommen, aber sie habe viele alte Freunde wiedergesehen und auch neue Bekanntschaften geschlossen. Zudem werde man ständig bekocht, so dass sie fürchte, zugenommen zu haben, aber auch das tat sie mit einem Lachen ab, und überdies habe man sich viel bewegt, sei durch Wälder und Höhen gewandert und habe die prächtige Landschaft genossen. Es war schön, sie so heiter zu sehen, und auch der wehmütige Glanz und die ungestillte Sehnsucht in ihren Augen waren verschwunden.

Jedoch, trotz ihrer guten Laune wurde es für mich die nächste Zeit schwer, mit ihr in Verbindung zu bleiben. Nicht dass ich das Gefühl hatte, sie würde mir aus dem Weg gehen, aber es gab keine Spaziergänge und keine Einladungen zum Mittagessen und keine Besuche mehr in meinem Haus, bestenfalls noch zufällige Begegnungen auf der Straße oder im Dorfladen. Sie wirkte dabei jedoch noch genau so fröhlich wie bei ihrer Rückkehr, und ich verbrachte viel Zeit mit der Suche nach Ideen, wie ich das lose Band zwischen uns wieder etwas enger knüpfen konnte.

Eines Tages – ich saß an der Schreibmaschine und klimperte etwas verkrampft an einer halbgaren Idee herum –, hörte ich Motorengeräusch und Stimmen von draußen, und ich konnte meine Neugier nicht bezwingen und linste durch den Vorhang des Schlafzimmers hinaus zum Nachbargrundstück. Dort sah ich Marion und einen Mann, den ich nicht kannte, Koffer aus ihrem Wagen laden und ins Haus bringen. Sie kam noch einmal heraus, schloss den Wagen ab, während der Unbekannte in der Tür wartete, dann gingen beide hinein. Am Mittag des darauffolgenden Tages rief Marion mich an, und ich freute mich, ihre Stimme zu hören, sanft und ruhig wie immer, aber mit dem Oberton ihrer neuen Fröhlichkeit darin. Sie sagte, dass morgen Abend ein paar Freunde von ihr ins Haus kämen, ob ich nicht Lust habe, dabei zu sein. Natürlich sagte ich zu, auch wenn ich ahnte, dass es in der Anwesenheit anderer schwierig sein würde, wieder Anschluss an sie zu finden. Dennoch wollte ich jede Gelegenheit dazu nutzen. So warf ich also am nächsten Abend das grüne Jackett über, in der Hoffnung, es möge mir genauso viel Glück bescheren wie unlängst bei meiner Lesung im Gasthof, und ging hinüber. Die Haushälterin öffnete. Marion kam mir schon auf dem Gang entgegen und geleitete mich zum Wohnraum, der mit vielleicht einem Dutzend Menschen, stehend und sitzend, gefüllt war, und ich ahnte schon, was kommen würde, und es kam: Marion schubste mich hinein, bat um Aufmerksamkeit und stellte mich mit launigem Unterton als den begabtesten

Nachwuchsautor unseres Zeitalters vor. Dann nahm sie meinen Arm, führte mich zu jedem Gast und stellte mir diesen vor. Mit dem letzten kam ich kurz ins Gespräch, während Marion sich entfernte, die Haushälterin abfing und ich hören konnte, wie sie ihr die Frage stellte: „Wo ist denn Mister Mondey?" Die Haushälterin verließ daraufhin den Raum, und Marion gesellte sich zu einer Freundin. Ein paar Minuten vergingen, dann betrat ein Mann den Wohnraum, und Marion ließ ihre Bekannte sofort stehen, eilte ihm entgegen, und die beiden tauschten ein paar Worte, die ich aufgrund des Geräuschpegels nicht verstehen konnte. Dann nahm sie auch ihn am Arm, und beide wanderten von Gast zu Gast, so wie sie es vorher mit mir getan hatte, und irgendwann war auch ich an der Reihe, und Marion stellte ihn vor als Mister David Mondey aus Springfield, Vermont, USA. Mondey entschuldigte sich in seiner Muttersprache für sein verspätetes Auftreten, er leide seit seiner Ankunft immer noch unter dem Zeitunterschied und sei daher vorhin einfach in seinem Zimmer eingeschlafen, er sei ja nicht mehr der Jüngste. Marion sagte noch, sie habe Mondey bei der Geburtstagsfeier ihrer Schwester kennengelernt, und er sei in der Luftfahrtindustrie tätig. Dann wanderten die beiden weiter zum nächsten Gästepärchen, während ich ihnen hinterhersah und mich fragte, was ich denken sollte. Natürlich wusste ich, was ich denken sollte. Ich wollte es nur nicht. Als das Büffet eröffnet wurde, hatte ich längst jeglichen Appetit verloren. Marion ließ nicht ab von Mondey. Die beiden saßen nebeneinander auf dem Sofa, umringt von Neugierigen, scherzten und lachten gemeinsam, und auch wenn sie es vermieden, sich gegenseitig vertraulich zu berühren, war ihre Zuneigung zueinander unübersehbar. Mein Wunsch war nur noch, dass dieser Abend schnellstmöglich zu Ende ginge, und ich überlegte, welcher Grund mir einfallen könnte, mich bei Marion zu entschuldigen und sofort zu gehen. Erst jedoch gesellte sich eine von Marions Freundinnen zu mir und versuchte sehr freundlich und geduldig, mich für ein Gespräch zu gewinnen, aber in meinem Kopf brodelten zu viele unausgegorene Dinge auf großer Flamme, als dass ich mich hätte ihr widmen können, so verlief die Unterhaltung steif und stockend und versiegte bald ganz, und sie entfernte sich wieder. Marion saß mittlerweile auf der Armlehne des Sofas, die Beine übereinandergeschlagen, in der Rechten den Sektkelch, und die Angst vor vertraulichen Berührungen war mittlerweile verschwunden, denn ihre Linke ruhte auf Mondeys Schulter. Mir blieb nur noch, einfach dazustehen, allein, etwas abseits, als leidender Zuschauer eines Schauspiels, dem man mich aussetzte, und das mir ganz und gar nicht zusagte.

Von diesem Tag an kam mein ohnehin schon spärlicher Umgang mit Marion vollständig zum Erliegen. Für mich gab es ab sofort nur noch das Schreiben, es war das beste Mittel, mich selbst von meiner Niederlage abzulenken, und diese schien meine Arbeit sogar zu beflügeln und beeinflusste auch den Inhalt und die Handlung des Manuskripts, und ich musste mich bemühen, an manchen Stellen nicht zu deutlich zu werden. Aber es gab auch Auswirkungen der schlechten Art, ich wurde zunehmend achtloser mir selbst gegenüber, hatte oft überhaupt keine Lust aufzustehen, und wenn doch, war es vielleicht schon drei Uhr nachmittags. Zudem begann ich mich selbst und das Haus zu vernachlässigen, ich hörte auf, mich zu rasieren, trug immer die gleiche löchrige Hausjacke, kümmerte mich nicht mehr um Dinge wie Staubsaugen oder Wäschewaschen, und das schmutzige Geschirr in der Küche begann zu riechen. Auch hatte ich die Anzahl meiner Spaziergänge zum Meer stark verringert, zum einen aus Faulheit, zum anderen, um nicht ständig den Leuchtturm sehen zu müssen, den ich bislang als günstiges Sinnbild gewertet hatte, der mir jetzt aber schien wie ein Mahnmal an eine verlorene Schlacht. Dennoch kam ich mit der Arbeit am Manuskript weiterhin gut voran, in mir köchelten viele Gedanken und Gefühle, die mich zwar unruhig, aber auch am Laufen hielten, und es war absehbar, dass es bis zum Ende des geplanten Buches nicht mehr weit war. Zum Verlag hatte ich in dieser Zeit keine Berührungspunkte mehr, der Lektor hatte seine Anrufe eingestellt, vermutlich hatte er bemerkt, dass ich seine Verständigungsversuche eher als störend denn hilfreich empfand. Zwischendrin hatte ich noch den Bericht über die empfehlenswerten klassischen Autoren verfasst, um den mich die Journalistin gebeten hatte, nach dem Versand an sie jedoch keine Antwort erhalten. Auch das war mir gleichgültig. Zwar hätte ich gern zusätzlich etwas Geld eingenommen, aber mein Leben hing nicht ab davon, so fragte ich nicht nach.

Dann stand eines Nachmittages Marion vor der Tür.

„Der Bart steht Ihnen", sagte sie.

Am Tag zuvor hatte ich dem Haus und auch mir etwas Pflege gegönnt, so konnte ich sie guten Gewissens hereinbitten. Meinem Versuch, sie auf dem Sofa zu platzieren, widerstand sie, sie wolle mir nur kurz etwas mitteilen.

„Ich gehe mit David in die USA, für ein halbes Jahr erstmal, länger reicht mein Visum nicht. Ich möchte mich verabschieden und Ihnen alles Gute für Sie und Ihr Buch wünschen. Es müsste doch bald fertig sein?"

Es sei so gut wie fertig, antwortete ich. Marion nickte und fuhr fort: „Ich muss gleich wieder hinüber, packen. Wir fliegen morgen früh."

„Es scheint, als hätten Sie Ihr Ziel jetzt gefunden", sagte ich.

„Ja, das habe ich."

„Ich freu mich für Sie."

Nach einer Weile des Schweigens sagte Marion: „Was glauben Sie ist das Wichtigste, was man an einem Ziel finden kann? Ist es Liebe?"

„Freiheit", sagte ich, sehr schnell und sehr knapp.

„Das tun können, was man will?"

„Eher die Umkehrung: Nicht tun müssen, was man nicht will."

„Aber was ist mit der Liebe? Wenn Sie unfrei sind, finden Sie Trost in der Liebe. Wer aber tröstet Sie, wenn Sie frei, aber einsam sind?"

„Ich weiß es nicht. Vielleicht der schiere Gedanke, frei zu sein."

„Glauben Sie, dass manchen Menschen Freiheit wichtiger ist als Liebe?"

Ich wusste nicht, was ich glaubte. Marion ging langsam an mir vorbei, hinaus auf die Terrasse. Ich folgte ihr. Sie sah zuerst übers weite Land und dann Richtung Dorf.

„Hören Sie das?" fragte sie. „Dieser Motorenlärm?"

„Das ist in der Werkstatt. Der Werkstattbesitzer hat ein Fahrzeug auf seinem Prüfstand."

„Und das hört man bis hierher?"

„Hören Sie es von Ihrem Haus aus nicht?"

„Nein. Oder ich habe nie darauf geachtet. Ich weiß es nicht."

„Fällt Ihnen der Abschied schwer?" fragte ich.

„Nein, nein…"

Sie sah Richtung Meer.

„Ich muss Sie noch etwas fragen", sagte sie dann. „Kann es in der Freiheit keine Liebe geben?"

„Natürlich kann es. Aber sie kann die Freiheit auch einengen."

„Und hat in der Liebe wiederum Freiheit keinen Platz?"

„Auch das kann sein", sagte ich leichthin.

„Wie ist es mit Ihnen? Freiheit oder Liebe?"

„Die Freiheit habe ich gefunden. Die Liebe suche ich noch."

„Ich glaube gar nicht, dass der Mensch frei sein kann. Sie wähnen sich frei, aber was ist mit Ihren Geldsorgen? Mit Ihrem Zwang, schreiben zu müssen, um nicht zu verhungern? Mit Ihrem nervigen Lektor? All das schränkt Ihre Freiheit ein. Und dann ist es auch keine Freiheit mehr, weil Freiheit doch etwas Absolutes ist."

„Das stimmt. Aber im Gegensatz zu dem, was ich noch vor ein paar Wochen war, fühle ich mich jetzt schon viel freier."

„Ja", sagte Marion langsam, „das ist auch etwas wert, da haben Sie recht."

*

Nachdem Marion mit Mondey abgereist war, versuchte ich wieder etwas Ordnung in mein Leben zu bringen, hielt auch die Wohnung wieder dauerhaft sauber, nahm den Bart ab und bemühte mich, löchrige Kleidungsstücke durch neue zu ersetzen. Mit Vernunft und dem Willen zur Einsicht war ich zum Schluss gekommen, dass ich mich gegen die derzeitige Lage, also Marions Abwesenheit und ihre Beziehung mit Mondey, nicht wehren konnte, so musste ich mich den Umständen anpassen und versuchen, sie zu vergessen. Natürlich konnte ich sie nicht vergessen, aber dies hinderte mich künftig nicht mehr daran, mein Leben in geordneten Bahnen zu halten, das nach wie vor fast nur aus Schreiben, Essen und Schlafen bestand. Auch ging ich, trotz der mittlerweile oft herbstlich-stürmischen Witterung, wieder jeden Tag hinaus, manchmal ans Meer, manchmal ins Dorf, aus dem schieren Drang nach Luft und Bewegung, und versuchte, dabei kein zu finsteres Gesicht zu machen. Schließlich hatte ich noch ein Ziel vor Augen, die Fertigstellung des Manuskripts, die jetzt unmittelbar bevorstand, verbunden mit der Vorfreude, es bald in Buchform in den Händen zu haben. Allerdings war mit dem Erreichen des Endes der letzte Schritt noch nicht getan, denn was noch bevorstand, waren Überarbeitungen, zwar, so schätzte ich, nicht in hohem

Umfang, aber ich rechnete hoch, dass diese Arbeit mich noch mindestens zwei Wochen kosten würde. Es war in einer Dienstagnacht, als ich zum Trommelwirbel des Regens am Fenster den letzten Satz tippte. Natürlich legte ich das Papier nicht sofort zur Seite, sondern las die letzten Zeilen noch einmal, merkte mir ein paar Stellen zur Überarbeitung vor, die ich erst morgen vornehmen würde, kramte noch einmal im Papierstapel und überflog andere Seiten, fand auch dort immer wieder Bedarf für Verbesserung, aber schob auch das auf morgen, und als ich mittags auf dem Sofa, auf dem ich mit einem Buch eingeschlafen war, aufwachte, war mir zunächst überhaupt nicht nach arbeiten, weil mir das Aus- und Verbessern als langsame, kleinteilige und zähe Tätigkeit zuwider war. Trotzdem wollte ich die Achtung vor mir selbst bewahren und mir beweisen, dass ich meine Unlust überwinden konnte. Nach einer kühlen Dusche und einem einfachen Mahl fand ich mich also erneut am Schreibtisch und fing mit den Überarbeitungen auf Seite eins an. Oft reichte nur ein Komma oder ein besseres Wort, jedoch gab es auch längere Abschnitte, die einer Verbesserung bedurften, und so spannte ich Papier in die Maschine, tippte einzelne Sätze oder Absätze nochmal ganz neu, schnitt diese dann aus und überklebte damit die entsprechenden Stellen im Manuskript. Eigentlich gab es auf jeder Seite nur zwei, vielleicht drei Stellen, die der Überarbeitung bedurften, die aber dennoch ihre Zeit benötigten, und als ich dann erneut nachrechnete, wie lange ich am Überarbeiten von knapp dreihundert dicht-beschriebenen Maschinenseiten noch sitzen würde, sank mein

Launenpegel auf einen noch nie dagewesenen Tiefpunkt. Aber es half nichts. Zwar suchte ich in den nächsten Tagen nach Ausflüchten, um mich vor der Arbeit zu drücken – dringende Einkäufe im Dorfladen standen an, dann dringende Hausarbeiten sowie dringende Spaziergänge und dringende Schlafpausen auf dem Sofa –, nahm mich aber doch immer wieder zusammen und setzte mich an die Maschine. Irgendwann jedenfalls hatte ich es fertig, ein beeindruckender Packen Papier, der mit einem knappen Begleitschreiben in einem Umschlag verschwand, welcher beschriftet und schließlich auf der Post abgegeben wurde. So kam ich nach Hause, erleichtert, aber sinnentleert. Mein nächster Gedanke daher: Urlaub. Wo könnte man hinfahren? Nach der lärmigen Landeshauptstadt, von der ich bislang nur den Flughafen und an ihrem Rand das schaurige Gehöft des Großwildschreibers kennengelernt hatte, stand mir überhaupt nicht der Sinn, schließlich war ich gerade erst einer überdrehten Großstadt entflohen. Nun wohnte ich direkt am Meer, und so erschien es mir ganz natürlich, dort nach Orten der Erholung zu suchen, und es dauerte nicht lang, bis ich beschloss, auf eine der vor der Küste liegenden Inseln überzusetzen. Der Wetterbericht verlautbarte, dass die nächsten Tage zwar kühl, aber sonnig und trocken würden, so zögerte ich nicht weiter und buchte telefonisch auf der größten der Inseln, die ein beliebtes Ziel für Reisende war, für eine Woche ein Hotelzimmer. Nach einer Bahnfahrt von der Kreisstadt aus lieferte mich eine Fähre am Ziel ab, und ich nistete mich in einem kleinen, aber sehr wohnlichen Zimmer ein. Aufgrund der Jahreszeit waren nicht viele Gäste im Hotel, auch war der Hauptort, in dessen Mitte sich das Hotel befand, nicht sehr belebt, aber der Wetterbericht hatte sein Versprechen gehalten, helles Sonnenlicht durchstrahlte die schmalen Straßen, und ein bissiger Westwind griff leichtsinnige Wolken an und verjagte oder verschluckte sie. Meist fand ich mich die Küstenlinie abgehend, zwischen den mit Strandhafer überwucherten Dünen. Zwar war ich auch einmal durch den Hauptort spaziert, hatte hier einen Tee getrunken und dort, wie so viele andere Urlaubsreisende, ein kleines Andenken gekauft, aber dennoch fühlte ich mich wohler draußen im Wetter als zwischen den Läden und Cafés, denn sie sahen genauso aus wie die Läden und Cafés in anderen Städten. Im Umland war wenig Betrieb, aber richtig einsam war ich auf meinen Wanderungen nie. Einmal hielt ich inne vor einem von mächtigen Bäumen eingeigelten und von einer der hier üblichen hüfthohen Steinmauern umwallten alten Bauernhaus und bewunderte gerade seine weißverputzte Pracht und die schönen Sprossenfenster, als ein halbes Dutzend Reiter und Reiterinnen in wilder Jagd heranstob. Weiße und schwarze Pferde schnaubten, Hufe trappelten dreckspritzend, bunte Mützen leuchteten und blondes langes Haar flatterte im Wind, und in wenigen Sekunden war die Schar an mir vorbei-gedonnert, verschwunden Richtung Meer, zum abenteuerlichen Ausritt über die Dünen. Auch dort, in den Dünen, fanden sich stets vereinzelte Spaziergänger, zudem sah ich immer wieder abgehärtete Naturen, die sich in die kalte Brandung wagten, während ich in Jacke und Stiefeln vorüberging. An einem dieser Tage beschloss ich, noch einmal an dem weißen Bauernhaus vorbeizugehen, weil ich mich beim ersten Mal nicht richtig sattgesehen hatte. Diesmal betrat ich einen Weg, der seitlich daran vorbeiführte, und dabei sah ich im Garten einen Mann, der mit einem Vogel hantierte. Der Vogel war an den Fängen auf einem hölzernen Ständer festgebunden, seine Augen von einer Kappe verdeckt, und der Mann befreite ihn gerade von seinen Fesseln und ließ ihn auf die mit einem Handschuh geschützte Hand wechseln, ihn dort mit geschicktem Griff wieder festbindend. Dann blickte er auf, sah mich durchs Gehölz über die Zaunlatten lugen, grüßte zu meiner Überraschung sehr freundlich, und fragte mich leutselig, ob das nicht ein wunderschönes Tier sei. Das bestätigte ich ihm gern, und er erzählte ohne Umschweife, dass er mehrere Falken habe, dies aber sei sein Lieblingstier, ein Weibchen, die beste Jägerin in seinem ‚Stall', und dass er mit ihr in den Heidelandschaften der Insel auf Vogeljagd gehe. Ob ich auch Falkner sei, war seine nächste Frage, und ich verneinte eiligst.

„Sie sehen auch nicht wie ein Falkner aus, Sie sind Urlauber vom Festland", schloss er, mit durchaus wohlmeinendem Unterton. „Lehrer oder Sozialpädagoge?"

„Ich schreibe", wehrte ich entsetzt ab.

Da ich meinen Fotoapparat umhängen hatte, fragte ich ihn, ob ich das Tier fotografieren dürfe, und er hatte nichts dagegen, bat mich sogar in den Garten. Morgen gehe er wieder in die Heide, sagte er, mit stolzem Blick auf den Falken, der, wie er mir mitteilte, Mona hieß. Eigentlich wollte er mit einem befreundeten Falkner in die Heide, fuhr er fort, aber der sei bei der letzten Beizjagd im Laufschritt umgeknickt, sitze jetzt fußlahm zuhause und sei erst in ein paar Tagen wieder einsatzfähig.

„Haben Sie nicht Lust, mitzukommen?" fragte er. „Festes Schuhwerk brauchen Sie natürlich. Und dann können Sie gleich über mich schreiben und Fotos machen."

Zwar hatte ich mich in den letzten Monaten daran gewöhnt, dass man in den ländlichen Gegenden im Norden ohne falsche Scheu und fast schon familiär miteinander umging, aber der Falkner überrumpelte mich mit seiner bodenständigen Offenherzigkeit derart, dass ich mich schon ‚Ja, gerne' sagen hörte, bevor ich mir überhaupt sicher war.

„Dann kommen Sie morgen so zwischen acht und neun vorbei. Mutter macht Frühstück, und dann geht's los. Dicke Jacke nicht vergessen, wird kalt in der Heide."

Als ich mich wie anbefohlen am nächsten Tag bei ihm einfand, war er wieder im Garten zugange und grüßte mich schon von weitem, danach ging er ins Haus, und ich konnte hören, wie er „Mutter, Besuch ist da!" rief. Man bat mich zuvorkommend in die Küche, hinein in eine wohltuende Glocke aus Wärme, Duft und gedämpftem Licht, an einen reichlich gedeckten Frühstückstisch. Die Mutter des Falkners fragte, für welche Zeitung ich denn schreibe, so dass ich sie erst über die Natur meiner Tätigkeit aufklären musste, währenddessen sie mir mit gefalteten Händen gegenübersaß und mit aufmerksamem Blick durch ihre spiegelnden Brillengläser fast schon andächtig zuhörte. Es habe auf der Insel vor langer Zeit, erfuhr ich dann, auch mal einen bekannten Dichter gegeben, der in einem alten Haus am Meer gewohnt habe und eines Abends verschwunden und nicht mehr wiedergekehrt sei, und Mutter und Sohn stritten lebhaft, ob er die Insel verlassen oder unter dem Einfluss von Alkohol das Ende in der Brandung gefunden habe, aber der Falkner sagte, Letzteres sei unmöglich, weil er dann irgendwann am Strand angespült worden wäre. Die Mutter hielt dagegen, wenn der Dichter mit selbstmörderischen Absichten ins Wasser sei, hätte er sich vielleicht mit einem Stein beschwert, aber der Falkner sagte, dass wohl niemand mit einem zentnerschweren Stein durch die Gegend laufen würde. Jedenfalls, sagte die Mutter, sein Haus sei dann über Jahrzehnte leer gestanden und verfallen, weil sich nie Erben einfanden, und erst vor zwei oder drei Jahren habe man nach Abstimmung in der Gemeindeversammlung eine Frist gesetzt, in der Ansprüche auf das Haus hätten geltend gemacht werden können, nach dem erfolglosen Verstreichen der angesetzten Zeit das Haus einebnen lassen und die Genehmigung zum Bau von Ferienwohnungen erteilt. Der Falkner schimpfte dann über noch mehr Ferienwohnungen, während seine Mutter einwandte, dass die Reisenden mittlerweile die wichtigste Einnahmequelle der Insel seien, und der junge Herr – sie deutete auf mich – sei doch auch ein Reisender. Sei fragte, warum ich denn im Herbst auf die Insel käme und nicht im Sommer zum Sandburgenbauen, so wie alle anderen, aber der Falkner fiel ihr ins Wort, sie solle doch nicht so neugierig sein. Ich erläuterte den Sachverhalt aber doch im Hinblick auf die Beendigung des Manuskriptes, und der Falkner sagte, das gefalle ihm, hart arbeiten und sich dann etwas gönnen, ich sei ‚sein Mann', und beide lachten, und mir war es recht. Nach dem Frühstück band er den Falken, dessen Augen wieder von einer Kappe verdeckt waren, in einem Transportbehälter fest und stellte diesen auf den Rücksitz seines Geländewagens. Dann stieß er einen kurzen Pfiff aus, ein Jagdhund stürmte auf mich zu, und ich unternahm innerlich bebend alle Anstrengungen, um äußerlich gelassen zu bleiben. Aber das Tier interessierte sich nur kurz für mich, beschnüffelte meine Schienbeine und ließ dann von mir ab, bevor es seinen Platz auf der Ladefläche des Geländewagens einnahm. Nach vielleicht einer Viertelstunde Fahrt stellte der Falkner den Wagen am Straßenrand ab, und vor uns tat sich die Heidelandschaft auf, menschenleer und flach, unterteilt durch vereinzelte Baumgruppen. Wir marschierten los, der Falke angekettet auf der lederbehandschuhten Faust seines Besitzers, der Hund nervös um uns herumtänzelnd, ich mit dem schussbereiten Fotoapparat vor der Brust. Wie eine Beizjagd vor sich ging, wusste ich nicht, so musste ich genau beobachten, um alles zu verstehen. Nach einer Weile schickte der Falkner den Hund voraus, der ungezügelt davonhetzte, von links nach rechts, im Zickzack, vor und zurück, bis er schließlich davonjagte, bis wir ihn fast aus den Augen verloren, und wir mussten unsere Geschwindigkeit erhöhen, um mit ihm Schritt zu halten. Als der Hund wieder in Sichtweite kam, stand er bewegungslos in der Landschaft, offenbar als Zeichen, dass er Beute aufgespürt hatte. Der Falkner rief ihm einen Befehl zu, der Hund setzte sich wieder in Bewegung, und nur Sekunden später stoben einige Vögel vom Boden auf und flatterten in unterschiedliche Richtung davon. Der Falkner hatte schon in dem Augenblick, als der Hund abwartete, den Falken von der Augenkappe befreit, jetzt löste er mit einem schnellen Ruck die Kette, mit der Mona am Handschuh befestigt war, und warf sie kraftvoll in die Luft. Diesen Moment im Bild festzuhalten, so wie ich es geplant hatte, erwies sich als unmöglich, denn das Tier schoss in den Himmel wie die Kugel aus dem Lauf und war Sekunden später fast aus unserem Sichtfeld verschwunden. Es machte eine Drehung in der Luft und setzte dann hinter einem der Beutevögel her. Die beiden Tiere stießen förmlich in der Luft zusammen. Das gefiederte Knäuel stürzte ein gutes Stück entfernt von uns ins Heidekraut. Wir drei, Falkner, Hund und ich, liefen los. Der Falke stand mit ausgebreiteten Flügeln auf seiner Beute und machte sich bereits an ihr zu schaffen, als der Falkner ein Stück Fleisch aus seiner Tasche holte, den Vogel damit weglockte und ihm die Kappe wieder aufsetzte. Der Beutevogel verschwand in der Tasche, und der Falkner machte ein zufriedenes Gesicht und war stolz auf sein Tier. Nach einer kurzen Pause gedachte er das Schauspiel zu wiederholen. Der Hund wurde noch einmal losgeschickt, auf der Suche nach den anderen Beutevögeln, die er vorhin aufgescheucht hatte. Es dauerte nicht lang, und der Falkner stieß seinen Vogel wieder himmelwärts. Diesmal hatte ich mich in einigem Abstand zu ihm aufgestellt, denn ich wollte den Augenblick, in dem Mona sich von seiner Hand löste, unbedingt mit der Kamera einfangen. Wieder zischte sie in die Luft, machte eine kurze, heftige Bewegung erst nach rechts und dann nach links, jagte dann pfeilartig auf den Horizont zu, bis sie zum Punkt schrumpfte und schließlich mit dem Himmel verschmolz. Dem hätte ich zunächst keine Bedeutung beigemessen, aber als der Falkner bemerkte, dass das Tier verschwunden war, geriet er in fiebrige Aufregung und rannte los, immer wieder „Mona, Mona!" rufend, dabei wusste selbst ich, dass der Vogel darauf nicht reagieren würde.

„Sie ist weg", keuchte er schließlich, stehenbleibend und schwer atmend, die Hände in die Hüften gestemmt, das Gesicht verzerrt von Atemlosigkeit und Schmerz über den Verlust des Tieres, und wiederholte noch einmal: „Sie ist weg." Mittlerweile hatte ich ihn eingeholt und stand etwas ratlos neben ihm. Er suchte immer noch den Himmel ab, drehte sich in alle Richtungen, aber es half nichts, der Vogel war nicht mehr zu sehen. Nach zähen Minuten fruchtlosen Wartens beschlossen wir, langsam zum Wagen zurückzugehen, er leinte den Hund an, und beide trotteten etwas lustlos neben mir, wobei der Falkner mit suchenden Augen seinen Hals ständig zurück und nach oben bog. Am Wagen warteten wir eine Stunde, dann gab der Falkner auf.

„Sie ist weg", sagte er nochmals, „sie kommt nicht wieder."

Er öffnete eine der hinteren Fahrzeugtüren und warf die nicht mehr benötigte Augenkappe in den leeren Käfig.

Am nächsten Tag schaute ich nochmal beim Falkner vorbei, aber die Stimmung hatte sich nicht gebessert, sein geliebtes Tier war nicht zurückgekehrt, und es gab keine Hinweise auf seinen Verbleib. Als ich nach einer Woche Aufenthalt auf der

Insel nach Hause gereist war und die Bilder aus meiner Kamera hatte entwickeln lassen, schickte ich dem Falkner diejenigen, die ich während der Jagd gemacht hatte. Tage später erreichte mich ein betrübtes Antwortschreiben von ihm, in dem er mir mitteilte, dass das Tier im Hauptort der Insel tot aufgefunden worden sei, zweifelsfrei erkannt durch seine Beringung, und es sei offenbar gegen die Glaswand eines Neubaus geflogen und abgestürzt. Er schrieb:

‚Meine Hoffnung war groß, dass Mona doch wieder zurückkehren würde. Aber die gegenwärtigen Umstände haben diese Hoffnung jetzt zunichte gemacht. So habe ich sie zweimal verloren: Erst durch ihr Verschwinden, jetzt durch ihren Tod.'

*

Der Verlag lehnte mein Manuskript ab. Per Post bekam ich es zurück, mit einem fast vierseitigen Begleitschreiben des Lektors, der mir meine angeblichen Fehler erklärte, und dass sich die Handlung nicht so entwickelt habe, wie er es nach den ersten ihm zugesandten Auszügen erwartet habe und wie sie sich seiner Meinung nach hätte entwickeln sollen, und er hielte es aufgrund der Art und Weise des Aufbaus sowie des frühen Einsetzens meines, wie er sich ausdrückte, falschen Herangehens an eine an sich gute Idee nicht für möglich, aus der Geschichte ‚noch irgendetwas zu machen'. Was er von meinem Manuskript hielt, interessierte mich nicht, weil ich es gut fand und es nicht geschrieben hatte, um irgendjemandes

Erwartungen zu erfüllen, schon gar nicht jene eines Lektors, der offensichtlich auf der Suche nach Seicht-Leicht-Verkäuflichem war, um seinen Arbeitsplatz zu retten. Was mich mehr interessierte, war die damit verbundene plötzliche und unerwartete Wendung in meiner wirtschaftlichen Lage, denn Einnahmen aus Buchverkäufen sowie ein erhoffter Vorschuss auf ein Nachfolgewerk würden nun ausbleiben. Natürlich konnte ich das Manuskript jetzt auch anderen Verlagen anbieten, in der Hoffnung, dort auf mehr Verstand und Verständnis und Kunstsinn zu treffen, aber bis zu den entsprechenden Rückantworten würden noch Monate vergehen. Am Schluss seines Ablehnungsschreibens forderte mich der Lektor auf, ihn anzurufen und darüber zu sprechen, wie es jetzt weitergehen könne, aber dazu mangelte es mir im Augenblick an Bereitschaft. Es wäre jetzt leicht gewesen, sich von Angst überwältigen zu lassen oder aufzugeben, aber ich wollte das nicht, es galt, Maßnahmen zu ergreifen. Zunächst fuhr ich mit dem Manuskript in die Stadt, um es dort vervielfältigen zu lassen, und sandte es dann an ein halbes Dutzend Verlage. Den Gedanken, mich hilfesuchend an Marions Bekannten, den Großautor, zu wenden, verdrängte ich, so sehr er mich auch lockte, aber ich wollte nicht, dass mein vielleicht doch noch einsetzender Erfolg mit seinem Namen verbunden sein würde. Als nächstes zählte ich wieder mal mein Geld nach. Es würde noch ein paar Monate reichen. Aus erhofften Nebeneinnahmen, zum Beispiel durch das Schreiben fürs Tageblatt, war nichts geworden, von der Journalistin hatte ich nichts mehr gehört. Das Einzige, was mir blieb, während ich auf die Antworten der Verlage wartete, war, ein neues Manuskript anzufangen, und ich startete damit gleich am nächsten Tag. Noch während der Arbeit zum letzten Manuskript hatte ich in meinem Kopf ein Gerüst für eine neue Geschichte errichtet, und ich war froh, darauf jetzt aufbauen zu können. So fand ich mich wieder am Schreibtisch, hackte auf der Maschine herum, sah wie gewohnt durchs Fenster Richtung Meer und versuchte, von Landschaft und Himmel Ideen abzulesen. Es fühlte sich anders an als beim ersten Manuskript, denn wie siegessicher und entspannt war ich da noch gewesen, und wie sehr spürte ich jetzt Druck und Notwendigkeit unruhig in mir pumpen, aber ich versuchte trotzdem, mich davon nicht einfangen zu lassen.

Den Gasthof mied ich fortan, verringerte auch die Häufigkeit meiner Einkäufe im Dorfladen, weil ich fürchtete, überall nach meinem Buch gefragt zu werden, ohne eine Antwort zu haben. Natürlich: Ich hatte die Antwort, allein, es mangelte mir am Mut, sie auszusprechen, da ich Peinlichkeit und Bloßstellung fürchtete. So tat ich nichts anderes als einfach nur zu schreiben, nahezu ohne Abwechslung, fast ohne Berührung mit den Menschen aus dem Dorf. Eingekerkert in mein Arbeitszimmer, beobachtet von den eingerahmten Erfolgsschreibern, tippte ich an gegen die Zeit, als ob ich einen Abgabetermin einzuhalten hätte, aber ich schrieb nur aus der Angst, zu Beginn des neuen Jahres, des neuen Jahrzehnts, mittellos zu werden. Angst ist eine erstaunlich anstachelnde Kraft, sie verleitet immer zum Handeln, es gilt dabei lediglich, den Kopf nicht zu verlieren, auch wenn in diesem ständig gerechnet wird, ob der

Lebensunterhalt auch im nächsten Monat noch möglich sein würde. Aber trotz all der Sorgen versiegte mein Schreibfluss nie, jeden Tag legte ich Blatt um Blatt auf den Stapel, fand gut, was ich schrieb, fühlte mich wohl damit. Eines Tages verschlechterte sich meine Stimmung jedoch, als mir zum ersten Mal bewusst wurde, dass auf dieses Manuskript, im Gegensatz zu seinem Vorgänger, niemand wartete, kein Verlag, kein Lektor, niemand. Ich war jetzt einfach jemand wie all die anderen, die zu Hause sitzen, sich für Schreiber halten, ein Manuskript tippen, es für hohe Literatur erachten und glauben, es sei so wichtig und gut, dass sich die Verlage in einer wahren Bieterschlacht ergehen würden. Man würde die Umwerbung genießen und dann denjenigen auswählen, der mit dem größten Scheck lockte. Aber noch lockte kein Scheck, umworben wurde ich auch nicht, ich hatte ja noch nicht einmal ein fertiges Manuskript. Dies stellte jedoch das geringste Problem dar. Vorgenommen hatte ich mir, binnen vier Wochen fertig zu werden. Die Zeit drängte, und es kam daher nicht in Frage, einen tausendseitigen Großroman zu schreiben. Zweihundert Seiten würden wohl zusammenkommen, das war bei weitem genug, und ich bemühte mich noch mehr als sonst, so zu schreiben, dass ich mir hinterher Überarbeitungen und Verbesserungen sparen würde können. Allerdings konnte ich meine eigenen Berechnungen nicht einhalten, denn tatsächlich vergingen über sechs Wochen, bis der letzte Satz des dann knapp dreihundertseitigen Werks getan war. Selbst fand ich, dass es das Beste war, was ich je zustande gebracht hatte, jedoch begann der Blick in meine immer schlanker werdende Brieftasche mich tief zu beunruhigen, und es galt jetzt, keine Zeit mehr zu verlieren. Auf den Versand meines alten Manuskriptes hatte ich noch keinerlei Rückmeldungen erhalten, ich wusste zwar, dass dies aufgrund der Vielzahl der Einsendungen, mit denen Verlage Tag für Tag überhäuft werden, sehr lange dauern konnte, aber ich wusste auch, dass diese sich meist nur melden, wenn sie Interesse hatten.

Natürlich gab es auch jetzt wieder Überarbeitungen und Verbesserungen vorzunehmen. Zwei weitere kräftezehrende Wochen vergingen, bis ich die letzte Seite erreicht hatte. Danach fiel ich ins Bett. Als ich am Mittag des Folgetages aufstand, sah ich durchs Schlafzimmerfenster einen Wagen auf dem Nachbargrundstück parken, und ich überlegte, wo ich dieses Fahrzeug schon einmal gesehen hatte. Eine große viertürige Limousine, nachtblau lackiert, mit einem Dach aus schwarzem Vinyl… ja, es war das Auto des Maklers, mit dem ich seinerzeit das Haus besichtigt hatte. Als ich anderntags aus der Stadt zurückkehrte, wo ich das neue Manuskript hatte vervielfältigen lassen, sah ich auf meiner Fahrt mit dem Rad von der Bushaltestelle schon von Weitem erneut seinen Wagen auf dem Nachbargrundstück sowie ein zweites Fahrzeug, das direkt daneben parkte. Als ich mich näherte, verließen drei Personen Marions Haus, eine Frau und zwei Männer, einer davon war der Makler. Die Frau und der andere Mann stiegen ins Auto und fuhren weg. Der Makler zündete sich eine Zigarette an, blieb auf der Treppe des Hauses stehen und sah dem Auto hinterher. Schließlich sah er mich und erkannte mich auch sogleich, angedeutet durch eine grüßende Geste mit der Zigarettenhand. Er stieg bedächtig die Treppenstufen herab, kam auf mich zu, während ich das Rad abstellte, grüßte, und fragte, ob mein Umzug gut gelaufen wäre und ob ich mich hier wohl fühle, es sei doch ein prächtiges Haus. Und das Ehepaar, das gerade weggefahren war, dies seien übrigens meine neuen Nachbarn, sie würden das Haus demnächst beziehen, allerdings nicht als Mieter, sondern als Eigentümer, sie hätten das Haus gekauft. Dann entschuldigte sich der Makler, er müsse noch mit Frau Roth in der Kreisstadt telefonieren, um vertragliche Dinge bezüglich des Hausverkaufs zu regeln. Auf meine Nachfrage sagte er: „Frau Roth wohnt jetzt dort übergangsweise bei einer Freundin. Sie war einige Zeit in Amerika."

„Warum verkauft sie denn ihr Haus?"

„Sie sagte nur, sie wolle sich davon trennen, mehr nicht."

Ich bat den Makler um Marions Adresse in der Stadt, und wir verabschiedeten uns. Den Rest des frühen Nachmittags brachte ich damit zu, die vervielfältigten Manuskripte samt Anschreiben sorgfältig in Umschläge zu verpacken, diese zu beschriften und in meiner Aktentasche zu verstauen. Danach radelte ich wieder zur Haltestelle, um den Bus in die Stadt, der nur viermal am Tag verkehrte, zu erwischen. Endstation war dort vor dem Bahnhof, direkt nebenan war das Postamt. Als ich die Umschläge aufgegeben hatte, holte ich den Stadtplan hervor und machte Marions Adresse ausfindig. Es war am südlichen Stadtrand. Der Taxistand am Bahnhof war leer, so ging ich los und hielt im fließenden Verkehr fortwährend nach dem schwarzen Lack eines Taxis Ausschau. Schließlich winkte ich eines heran und wurde vor einem Einfamilienhaus abgesetzt. Das Gartentor war verschlossen, ich läutete. Über die Sprechanlage meldete sich eine Frauenstimme. Ich stellte mich vor und fragte, ob ich Marion sprechen könne. Die Stimme sagte, Marion schlafe, und sie würde sie ungern wecken. Es sei wohl besser, noch einmal vorbeizukommen, wenn sie sich erholt hätte. Auf meine Nachfrage, ob Marion krank sei, bekam ich nur ausweichende Antwort. Es war einzusehen, dass man mich nicht vorlassen würde. Der letzte Bus ins Dorf brachte mich nach Hause. Kurz vor Mitternacht rief Marion an. Sie sprach mit gewohnt sanfter, aber leiser und erschöpfter Stimme.

„Was macht Ihr Buch?"

„Es gibt kein Buch", sagte ich knapp.

„Ihr Verlag hat also abgelehnt. Haben Sie schon den Großwildjäger um Hilfe gebeten?"

„Das werde ich nicht tun."

„Sie sind zu stolz."

„Warum sind Sie so schnell zurückgekommen? Was ist mit David Mondey?"

„Er ist drüben. Ich bin hier. So einfach ist das."

„Kann ich Sie besuchen?"

„Lieber nicht. Ich würde Ihnen nicht mehr gefallen."

„Kann ich Sie trotzdem besuchen?"

Es blieb lange, zähe Sekunden still in der Leitung, und ich wartete ungeduldig auf ihre Erwiderung, während ich nervös den Hörer von einem Ohr zum anderen wandern ließ.

„Du bist hartnäckig", sagte sie dann. „Das passt zu deinem Sternzeichen. Hartnäckig, ehrgeizig und stur."

„Wieso glaubst du, du könntest mir nicht mehr gefallen?"

„Die Antwort habe ich dir gerade gegeben. Ich bin hier, er ist weg, und das ist mir nicht bekommen. Meine Freundin sagt, ich gleiche einem Gespenst: Blass, dünn und durchsichtig. Und ich fühle mich auch wie ein Gespenst. Mir ist manchmal, als wäre ich gar nicht mehr da. Die Welt um mich rum ist voller Leben, nur in mir selbst spüre ich keines mehr. Das Ziel, das ich mir erhofft habe, war eine Sackgasse. Und ich finde nicht mehr hinaus. Ich habe es lange versucht und darüber die Kraft verloren. Jetzt liege ich hier und wehre mich nicht mehr. Und es fühlt sich gut an. Es fühlt sich sehr gut an."

In mir wallte Unmut auf, Unmut über Mondey, Unmut über die Lage, in die er Marion gebracht hatte, aber auch Unmut über Marion, die sich in ihrem Schmerz über die verlorene Liebe aufgab, und endlich auch Unmut über mich selbst, weil ich spürte, wie hilflos ich alldem gegenüberstand.

„Wir waren in Florida und Kalifornien", fuhr Marion fort, und ich konnte mir zum schläfrigen Klang ihrer Stimme vorstellen, wie sie dabei mit Augen, die wieder mit der alten, traurigen Sehnsucht gefüllt waren, ins Leere blickte. „So viel Sonne. Und so viele Menschen. Man ist nirgendwo allein. Und so viele Autos, so viele Straßen... Wir sind in den Sonnenuntergang gefahren. So einen Sonnenuntergang habe ich noch nie gesehen. Es war so schade, als die Sonne schließlich weg war... aber ich möchte auch so verlöschen... wie ein Sonnenuntergang..."

„Ich komme morgen vorbei, hole dich ab, und wir fahren irgendwohin, und du vergisst alles, was er dir angetan hat, und du wirst auch ihn vergessen. Ich werde dafür sorgen, dass du auf andere Gedanken kommst."

Sie schwieg, ich hörte nur ihre Atemzüge. Dann sagte sie:

„Du hast gesagt, das Wichtigste, was man im Leben finden könne, wäre Freiheit. Weißt du noch, was ich gesagt habe?"

Natürlich wusste ich es.

„Ich sagte, das Wichtigste wäre die Liebe. Ich habe diese Liebe zuerst gefunden und dann verloren. Dafür bin ich jetzt so frei wie noch nie. Eigentlich müsste ich mich doch irgendwie freuen können. Aber ich kann mich nicht freuen."

„Mach dich nicht zu seinem Opfer. Du bist stärker als er."

„Ich sagte doch, ich wehre mich nicht mehr. Ich kann nicht mehr. Es ist vorbei."

„Es muss nicht vorbei sein, Marion. Bitte sag deiner Freundin, dass sie mich morgen zu dir vorlassen soll, wenn ich komme."

Wieder blieb es lange stumm am anderen Ende der Leitung.

„Ich bin so müde", sagte Marion dann, „ich möchte schlafen."

„Wir sehen uns morgen, ja?"

„Also gut, morgen."

„Gute Nacht, Marion."

„Adieu."

*

Die kalte Jahreszeit an der Küste erlebte ich ganz anders als in der alten Heimat. Zwar war es oft frostig und stets windig, dabei jedoch meist trocken, und es gab zahlreiche Sonnentage, die mich, so wie heute, zu einem Spaziergang ans Meer verführten. Auch das Licht war in keiner Weise mit dem des Südens vergleichbar. Die tiefstehende Sonne brachte an einem klaren Tag wie diesem Meer, Sand und Dünengras zum Leuchten. Das Land strahlte in satten Erdtönen und die See funkelte stählern. Der Himmel war frei von jeder Trübung, schwelgte je nach Windrichtung zwischen Blau und Blaugrün, in völlig wolkenlosem Glanz. Mit dem Licht kam der Duft, von Norden und Nordwesten her vom Wind getragen, stark und belebend, reich an schweren Untertönen, als zweite Dimension der Farben. Ohne Licht kein Duft, ohne Duft keine Farben.

Nur wenig Menschen hielten sich am Strand auf. Seit ich hier wohnte, hatte ich nie mehr als vielleicht ein Dutzend Menschen am Wasser gesehen, aber ich war mir sicher, dass sich dies in der warmen Jahreszeit schnell ändern und es wohl einen Ansturm an Reisenden im Dorf geben würde, obwohl dort außer dem Gasthof und einem Gästehaus keine Möglichkeiten zur Übernachtung geboten waren. Bedacht hatte ich diesen möglichen Trubel bei meinem Umzug nicht und hoffte, dass ich auch im Sommer in meinem Haus würde ungestört sein, ohne dass mir Fremde über die Terrasse liefen. Wie üblich sparte ich mir auch heute das Hinabsteigen runter zum Strand über die bröckelige Treppe, ich fühlte mich etwas weiter oben immer wohler und erhabener, die Aussicht und die scharfe Luft genießend, und ich mochte den Anblick der

Gräser, die den kalten Wind einfingen. So schritt ich langsam auf den Klippen entlang, wohl wissend, dass dort nicht viel Abwechslung geboten war, es gab dort nun mal nur das Dünengras und den Blick auf die See, aber wer würde mehr verlangen?

In westlicher Richtung konnte ich, die Augen mit der Hand vor der Sonne geschützt, den benachbarten Ort ausmachen, in dem ich bislang noch nicht gewesen war, und der für mich immer noch kaum mehr als ein schemenhaftes Glitzern aus hellen und dunkleren Punkten darstellte. Schwarze Felsen in der Brandung gab es da, von weißem Wasser umschäumt, und der Strand fand hier ein fast abruptes Ende, zerfiel in steile Furchen und verlief sich schließlich in den Klippen. Irgendwo hatte ich gelesen, dass dieser Ort ein lohnendes Ziel für Reisende sei, zusammenfassend umschrieben natürlich mit dem unvermeidbaren Begriff „reizvoll", so wie es Werbeschreiber im Auftrag von rührigen Stadtvätern immer tun, wenn diese ihren Ort mit größtmöglicher Rücksichtslosigkeit dem Reiseverkehr zu opfern bereit sind.

Der Ausblick nach Osten gab sich ganz anders. Immer hatte ich es gemocht, wie atemberaubend weit und gerade die Küstenlinie dort verlief, jetzt, in der sinkenden Sonne, goldockern schimmernd, oben vom rot-weißen Mahner, dem Leuchtturm, überschaut, und sich irgendwann im Dunst zwischen Meer und Himmel verlierend, irgendwann, weit, weit weg, und unbeirrt von der Landesgrenze ihre Richtung von Ost-West nach Nord-Süd ändernd. So folgte ich ihr, der geraden Küstenlinie, die Sonne im Rücken, mein langer

Schatten unruhig neben mir tänzelnd, mit den schmerzhaften Bissen des Windes an meinen Ohren. Einen in gleicher Richtung zum Strand verlaufenden Weg gab es hier oben nicht, die Straße lag viel zu weit landeinwärts, so stapfte ich durchs Dünengras, mehr nach unten als nach draußen sehend, um nicht zu stolpern. Die Klänge der Küste begleiteten mich. Das stetige Flüstern des Meeres, auch wenn es scheinbar still dalag, die Schreie der Möwen, die man nie sah und doch hörte, das Horn eines Schiffes hinter dem Dunst des Horizonts, die wispernden Gespräche der Böen von Nord und West.

Eigentlich suchte ich mit dem Spaziergang am Meer meinen Kopf zu leeren, aber es gelang mir nicht, das genaue Gegenteil war der Fall. Die Gedanken schienen sich von links und rechts, direkt von den Schläfen, nach innen zu lösen und in der Mitte des Gehirns zusammenzufallen, wo sie anfingen, sich als unablässiger bunter, kaum entwirrbarer Strudel zu drehen und zu wirbeln, was ein deutliches Zeichen war, dass ich die Ereignisse der letzten Zeit nur unzureichend verarbeitet hatte. Mir wäre lieber gewesen, einen Gutteil davon vergessen zu können, dabei wusste und ahnte ich, dass es genau diese Ereignisse waren, die für die nächsten Monate, vielleicht Jahre, vielleicht für den Rest meines Lebens bei mir bleiben würden. Erst vor ein paar Tagen war ich seit langem wieder einmal in den Gasthof gegangen, nicht nur weil mich die Unlust am Kochen plagte und mir nach einem fertigen und besseren Mahl, als ich es zuhause hinbekam, der Sinn stand, sondern auch, um mich dem Wirt und seinen zu erwartenden Fragen nach meinem literarischen Aufstieg zu stellen. Sie blieben nicht aus, natürlich. Aber der Wirt war ein Mann der Wirklichkeit, er tat meine Niederlage mit einer Handbewegung ab, sagte, dass es mit dem nächsten Versuch bestimmt besser würde, und erließ mir dann, sosehr ich mich auch dagegen wehrte, die Rechnung und stellte noch ein Getränk kostenlos vor mich hin. Als ich mein neues Manuskript erwähnte, schlug er sofort vor, auch mit diesem wieder eine Lesung abzuhalten. Wir alle hätten doch etwas davon, sagte er, den Leuten gefiele es, er mache Umsatz, und ich bekäme wieder Bargeld ausbezahlt. So unrecht hatte er nicht. Das Unmittelbare stand ihm näher als mir. Während ich die Welt erobern wollte, zumindest die literarische, reichte ihm das Dorf. Und dies geschah nicht aus kleingeistigen oder engstirnigen Anschauungen heraus, sondern mit einem gesunden Sinn für das, was möglich ist, und für das, was nicht möglich ist. Und mittlerweile wusste ich ja, dass dies nicht von jemandem kam, dessen Tun nur von geschäftlichen Überlegungen geprägt war, sondern dass ich jemanden vor mir hatte, der mich mit seiner Belesenheit und seinen Kenntnissen auf unserem gemeinsamen Fachgebiet durchaus beeindruckt hatte. Bei dieser Gelegenheit kam er auch wieder auf seine Büchersammlung zu sprechen, die er mir unbedingt zeigen wolle, und so ließen wir die Bedienung für eine Weile allein zurück und begaben uns in den hinteren Teil des Gasthofgebäudes, wo er wohnte. Ein ganzes Zimmer hatte er der Sammlung gewidmet, außer Bücherregalen standen dort nur noch ein Sessel und ein kleiner Tisch mit Leselampe, und die Regale waren dicht gefüllt, hauptsächlich mit antiquarischen Ausgaben von Büchern aus dem letzten bis ins mittlere zwanzigste Jahrhundert. Hier schien sich der Wirt in einen anderen Menschen zu verwandeln. Im Gasthof wuchtete der kräftige Mann mit der lauten Stimme Bierfässer durch die Gegend und scheute, wie ich es einmal erlebt hatte, auch die körperliche Auseinandersetzung mit betrunkenen Störenfrieden nicht, hier aber, die Schürze abgelegt und zwischen seinem liebsten Besitz, sprach er mit gedämpfter Stimme und fast ehrfürchtigem Unterton von den großen Dichtern und ihren Werken, und nahm er eins davon aus dem Regal, so tat er dies bedächtig und mit spitzen Fingern, legte das Druckwerk vorsichtig auf die linke Handfläche und blätterte dann behutsam Seite für Seite um, so als fürchte er, die Kostbarkeit könnte in seinen Händen zu Staub zerfallen. Mit sicherem Griff fingerte er eine seltene Ausgabe eines Autors, den ich sehr verehrte, hervor, und sagte, er wolle, dass sie mir gehöre, erstens, weil er sie bei mir in guten Händen wisse, und zweitens, auf dass sie mir als Ansporn für meine künftige literarische Arbeit gute Dienste leiste. Meine Einwände halfen nichts, er bestand darauf und steckte das Büchlein mit einem Gesichtsausdruck, der keinen Widerspruch duldete, in die Innentasche meiner Jacke.

An einem meiner wieder häufigeren Abende im Gasthof hatte ich den Werkstattbesitzer angetroffen. Auch er erkundigte sich, ob mein Buch jetzt erschienen wäre, und auch ihm musste ich eine abschlägige Antwort geben. Er sagte daraufhin etwas Ähnliches wie der Wirt, nämlich, dass ich nicht zurück-, sondern nach vorne schauen solle, es gäbe immer ein Morgen, und die Niederlagen von gestern solle ich schnell vergessen.

Der Werkstattbesitzer war ein guter Gesprächspartner, zudem erwies er sich kundig auf den Gebieten der Naturwissenschaften und fernöstlichen Philosophien. Erstere brauche er, so sagte er, für die Arbeit, Letztere, um seine Frau zu ertragen, und dann lachte er laut.

Es war nicht viel Überzeugungsarbeit notwendig gewesen, um mir vor Augen zu führen, wie albern mein Verhalten, mich nach der Absage des Verlages vor den Leuten im Dorf zu verstecken, gewesen war. Sie hatten Verständnis. Sie kannten das Leben. Sie hatten mit ihren Jahren gelernt, gegenüber dem, was geschah, ruhig und besonnen zu bleiben. In mir loderte jugendliche Unruhe, sie hingegen hatten das Vorrecht der Älteren, mit den Schätzen ihrer Erfahrungen in sich selbst zu ruhen, und es war ihnen dabei selbstverständlich, jemandem, der gestolpert war, wieder aufzuhelfen.

Eine Antwort von einem der Verlage hatte ich nicht mehr erhalten, weder auf das erste noch auf das zweite Manuskript. Natürlich hatte ich längst ein drittes angefangen, denn ich war zwar mittlerweile arm an Geld, dafür nach wie vor reich an Ideen. Irgendwann hatte ich auch einen Punkt erreicht, an dem meine Unruhe darob nachließ. Das Grübeln über meine Lage half mir nicht, es belastete mich nur, so hörte ich auf damit. Der Werkstattbesitzer hatte mir sogar Arbeit in seinem Betrieb angeboten, was ich mit Hinweis auf meine begrenzte handwerkliche Begabung jedoch ablehnen musste. Eine Weile würde ich noch durchkommen. Wie lange noch, wusste ich nicht, ich hatte auch aufgehört, dauernd das Geld zu zählen, denn es vermehrte sich dadurch nicht.

Eines Tages hatte Marions Tochter bei mir geläutet, die ich bislang nur von einem Foto auf einer Kommode in Marions Wohnung gekannt hatte, und sie kam, um mich um die Miete zu bitten. Nachdem ich ihr mein Beileid ausgesprochen hatte, standen wir etwas steif in meinem kleinen Hausflur, ihr Regenmantel tropfte, und eine unangenehme Schweigepause tat sich wie ein schwarzes Loch zwischen uns auf. Es fiel mir schwer, einzuschätzen, wie nahe ihr die Ereignisse gingen, sie machte einen beherrschten Eindruck, aber welcher junge Mensch würde in einer derartigen Lage wie der ihren nicht leiden, so befürchtete ich unablässig, etwas Falsches zu sagen und sie vielleicht aus dem seelischen Gleichgewicht zu bringen. Vorsichtig tastete ich mit den Worten, zurückhaltend und im gedämpften Ton, fragte, ob ich etwas für sie tun könne, aber ich konnte nicht. Sie sagte, sie würde fortan monatlich kommen, um die Miete abzuholen, ob mir das recht sei. Dann hastete sie durch den Regen zu einem Wagen, stieg auf der Beifahrerseite ein, und man fuhr durch spritzende Pfützen davon.

Niemand bleibt es erspart, den Verlust der Eltern oder eines Elternteils zu erleiden. Vermutlich ist es so, dass, je älter man dabei ist, desto gefasster ist man auch. Sie mochte erst Anfang zwanzig sein, und daher ich hoffte für sie, dass sie bei Verwandten und Freunden ausreichend Trost finden würde. Aber was Trost betraf, ich selbst fand wenig Trost. Mich würde nie jemand fragen, wie ich mich fühlte, obwohl ich mir dies dann und wann wünschte. Gern hätte ich mich mitgeteilt. Vielleicht wäre es schmerzvoll gewesen. Aber ich hätte nur gern darüber geredet.

Mir blieb nur noch die Frage, ob ich an diesem Ort bleiben sollte. Nie wieder würde ich ohne einen Gedanken an Marion am Leuchtturm vorbeigehen können, auch nicht am Meer, vermutlich auch nicht durchs Dorf, durch meine eigenen vier Wände. Die Erinnerung an sie würde nicht schwinden, sie würde bei mir bleiben, solange ich hier war, und solange ich hier war, würde auch sie hier sein. Sehr tief in mich hineinhorchen musste ich eigentlich nicht, um festzustellen, dass ich mich doch längst entschieden hatte, fortzugehen. Wohin, wusste ich nicht, auch nicht, von was ich leben sollte, auch nicht, was morgen sein würde. In der Zeitung hatten dieser Tage Fachleute aus der Wirtschaft genau dargelegt, was das neue Jahr und das neue Jahrzehnt bringen würde, und sie hatten es bis auf zwei Stellen hinter dem Komma ausgerechnet. Ein Spiel, in dem es scheinbar keine Unbekannten gab. Aber dies erschien mir höchst fragwürdig. Keiner weiß, was morgen ist.

Mittlerweile bedauerte ich, dass ich mich nicht mit einer wärmenden Kopfbedeckung geschützt hatte, denn der eisige Westwind hatte meine Ohren längst schmerzhaft betäubt. Es war besser, umzukehren. Ich hielt inne, sah noch einmal aufs Meer hinaus, ins Land hinein, übers ferne Dorf. Auch von meinem Fenster im Arbeitszimmer aus hatte ich unzählige Male in die Weite geblickt, um dort Ideen für Bücher abzulesen. Bücher, die nicht gedruckt wurden. Aber vielleicht barg die Weite mehr nur als Ideen für Bücher, wenn man sie nur richtig las, und dies war nicht schwer. Hell und klar war die Welt hier draußen. Unten am Strand hatten zwei nebeneinander gehende Menschen ihre Spuren im Sand hinterlassen. Ein großes Frachtschiff zog am Horizont vorbei. Auf dem Türkis des Himmels zeigte sich der bleiche Fingerabdruck des Mondes.